HISTOIRE
DE LA GAUCHE CAVIAR

Laurent Joffrin, auteur de nombreux essais politiques et historiques et de deux romans, est directeur de la rédaction du *Nouvel Observateur*.

Laurent Joffrin

HISTOIRE DE LA GAUCHE CAVIAR

Robert Laffont

TEXTE INTÉGRAL

ISBN 978-2-7578-0229-8
(ISBN 2-221-10485-4, 1ʳᵉ publication)

© Éditions Robert Laffont, S.A., Paris, 2006

Le Code de la propriété intellectuelle interdit les copies ou reproductions destinées à une utilisation collective. Toute représentation ou reproduction intégrale ou partielle faite par quelque procédé que ce soit, sans le consentement de l'auteur ou de ses ayants cause, est illicite et constitue une contrefaçon sanctionnée par les articles L.335-2 et suivants du Code de la propriété intellectuelle.

Introduction

La « gauche caviar » ? Une accusée.
Une fausse gauche qui se donne bonne conscience sans rien risquer, qui parle de la justice mais ne la pratique pas. Une gauche qui dit ce qu'il faut faire mais ne fait pas ce qu'elle dit.
Une tribu frivole et hypocrite, dit-on encore, une espèce désinvolte et profiteuse, une tartuferie élégante ; une gauche qui aime le peuple mais se garde de partager son sort, une gauche qui vote avec les ouvriers et dîne avec les bourgeois, une gauche qui importe en fraude, au sein du mouvement progressiste, les idées et les réflexes des classes supérieures. La gauche caviar ? Le nom chic de la trahison...
Alors pourquoi lui consacrer un livre ? Pourquoi s'y attarder plus que le temps d'une conversation ? Parce que ce phénomène superficiel exprime une réalité profonde. Parce que ce petit groupe joue un grand rôle. Parce que dans l'histoire politique de la France – et même de l'Occident – cette gauche chic et décalée a souvent fait la différence dans le jeu politique. Parce que les modes, on le sait bien, renvoient à des évolutions profondes des sociétés et que l'émergence d'une « gauche caviar » – qui est depuis deux siècles de tous

les temps et de tous les pays – permet de mieux comprendre ce qui s'est passé dans nos sociétés injustes et prospères. Pour peu qu'on la prenne en considération, on s'apercevra qu'elle est un sujet historique.

En grec puis en français, cela s'appelle un oxymore : une expression qui réunit, pour produire un effet rhétorique, deux termes incompatibles, comme l'« obscure clarté » ou encore les « soldats de la paix ». « Gauche caviar » : le symbole de la richesse qu'on accole au camp des pauvres. Le caviar a beau venir de Russie, longtemps patrie du communisme, il dénonce son aristocratie de l'argent. Il est onctueux, long en bouche, doux et fort à la fois, et surtout hors de prix : il est une ambroisie pour divinités terrestres, un nectar pour propriétaires. Et pourtant il rehausse ceux qui l'acquièrent. Il va mal aux nouveaux riches, qui le consomment à la louche alors qu'il faut le déguster sans hâte, avec un bon alcool sec, sur un blini finement nappé de beurre fondu, en faisant rouler chaque grain sous la langue. Le caviar annonce les soirées brillantes et drôles, les lustres scintillants, les mots d'esprit et les décolletés profonds. Son goût est corsé mais sa texture est lisse : il est tout de profondeur et de légèreté. Pour cette raison, parce qu'il renvoie à des siècles de raffinement sans apprêt, de luxe sans affectation, un peu comme le champagne ou le bon bordeaux, mais plus rare, il n'est jamais tout à fait détesté par le peuple. Il excite l'envie mais il intime le respect. Il est un symbole de la morgue des bourgeois, mais aussi celui d'un art de vivre qu'on aime bien au fond et qu'on admire.

La gauche du même nom suscite les mêmes sentiments. Bourgeoise mais bien-pensante, riche mais généreuse en paroles, elle aussi, elle attire et elle exaspère. Aisée mais cultivée et donc parfois utile, elle inspire l'agacement mais aussi une forme de reconnaissance. On la moque mais on l'écoute. On la fustige mais on la prend en compte. On lui impute la duplicité mais on lui concède l'intelligence. On la dénonce mais on se dit que tactiquement elle peut être précieuse au camp progressiste. On constate que si elle est attaquée sur sa gauche, elle est haïe sur sa droite. Le vrai bourgeois ne supporte pas que l'un des siens passe dans le camp d'en face. Cette défection le met en rage : pour lui elle est dangereuse au plus haut point. On verra pourquoi. Ainsi la gauche caviar, qui vit dans l'aisance financière et la bonne conscience, laisse derrière elle un sillage de ressentiment. Par définition, elle irrite. Et cette irritation même est un symptôme politique et social.

D'autant que les choses se sont aggravées depuis vingt ans. Longtemps, la gauche caviar fut moquée mais, au fond, respectée. Longtemps, elle suscita la vindicte de la droite et la haine de l'extrême gauche mais la gauche profonde l'acceptait. Apportant le renfort d'un entregent et d'une compétence, elle était utile. Ce n'est plus le cas : ce sera le vrai sujet de ce livre. Déjà mal vue au fil de l'histoire par ses adversaires bourgeois ou révolutionnaires, la gauche caviar est aujourd'hui détestée au sein de la gauche même. On ne lui reproche plus seulement l'écart entre son confort et ses idées : on critique ses idées mêmes. La gauche caviar n'avait jamais vécu avec le peuple mais elle le servait, quoi qu'on dise. Elle l'a abandonné. Elle s'est mise à penser sans lui et même contre lui : péché mortel, qu'il faut comprendre et détailler. On y trouvera la source des difficultés de la gauche tout court. Ainsi, partant d'un sujet frivole, on arrivera au cœur d'un grand phénomène d'aujourd'hui : l'affaiblissement dramatique du camp progressiste dans les démocraties. La gauche caviar a fourvoyé la gauche : voilà notre thèse.

La gauche caviar est de tous les pays. En Allemagne on l'appelle la *Toskaner Fraktion*, parce que ses membres, paraît-il, passent leurs vacances d'été en Toscane. En Grande-Bretagne, on dit *Champagne Left*, peut-être parce que le vin blanc pétillant est là-bas encore plus qu'en France le symbole du faste. Aux États-Unis, il est question des *5th Avenue Liberals*, les « libéraux de la Cinquième Avenue », car cette artère new-yorkaise qui longe Central Park concentre tout ce que l'Amérique compte de richesse élégante et que le terme « libéral », par une ironie sémantique, désigne en Amérique, non pas les adeptes du « laisser faire, laisser passer » honnis par la gauche altermondialiste, mais bien la gauche démocratique, qu'on trouve dans les milieux intellectuels, les cercles syndicaux et les caucus démocrates. Dans ces trois pays, la gauche caviar a joué un rôle historique important. Elle a épaulé la social-démocratie allemande dans son effort pionnier de la fin du XIXe siècle, quand les ouvriers allemands, à l'avant-garde du prolétariat européen, ont jeté les bases d'un nouveau compromis social. Elle a accompagné les travaillistes anglais dans leur effort séculaire pour améliorer le sort d'une classe ouvrière exploitée sans pitié par le capitalisme britannique. Elle a fourni des cadres et des idées aux élus démocrates qui ont réformé la société américaine avec Roosevelt, Kennedy, Johnson ou Clinton.

Aussi bien la gauche caviar est de toutes les

époques. Dès avant la Révolution française, des membres des classes dirigeantes ont demandé une réforme de la société qui soit favorable aux classes dirigées. Écrivain de cour, richissime, Voltaire ferraillait pour la justice, une justice égale pour tous. Les grandes dames de l'aristocratie, Mme du Deffand ou Mme de Tencin, tenaient salon, accueillant tout ce que Paris comptait d'écrivains et de philosophes des Lumières. Cousin du roi, détenteur d'une immense fortune, le duc d'Orléans protégeait ces hommes et prenait une part active à la franc-maçonnerie. C'est chez lui, au milieu du jardin du Palais-Royal jusque-là voué au commerce de luxe et à la galanterie, que Camille Desmoulins ameuta la foule pour aller prendre la Bastille. Trois semaines plus tard, lors de la mémorable séance du 4 août 1789 le vicomte de Noailles et le duc d'Aiguillon trahissaient ouvertement la noblesse, en donnant le signal de l'abandon des privilèges par les privilégiés. La Révolution fut appelée, encouragée, servie par des nobles et des évêques que les intérêts de classe auraient dû porter à la réaction.

Le mouvement ouvrier et socialiste à son tour reçut le renfort de nombre de transfuges de la bourgeoisie la plus prospère et la plus éclairée. Jusqu'à aujourd'hui, les partis de gauche ont le plus souvent été dirigés par des bourgeois d'origine, petits et grands. Seul le parti communiste pratiqua l'ouvriérisme. Les républicains, les radicaux, les socialistes, ont toujours trouvé leurs cadres et leurs intellectuels au sein des classes supérieures ou intermédiaires.

Et depuis les débuts de « la gauche », la dénonciation, justifiée ou non, est permanente. Talleyrand, fils de grande famille et évêque rallié à la Révolution, acteur essentiel de la « grande cabriole », symbolise la trahison. Républicain, proche du peuple et des miséreux, Victor Hugo se voyait reprocher son train de vie d'écrivain à l'immense succès. Zola fut sujet aux mêmes critiques parce qu'il habitait un appartement élégant et une grande maison à la campagne et qu'il avait une maîtresse. Aux débuts de l'affaire Dreyfus, beaucoup de socialistes refusèrent de prendre part à « ce règlement de comptes interne à la bourgeoisie », selon le mot de Jules Guesde. Jaurès lui-même, quoique ami des mineurs, a été taxé de bourgeois par ses adversaires de gauche et de traître par la droite. On a raconté la fable de la « vaisselle d'or de Léon Blum » pour déconsidérer le chef de la SFIO. Vaisselle imaginaire, certes, mais qui symbolisait la fort bourgeoise vie quotidienne du leader socialiste. Mitterrand, petit bourgeois de province, à qui on prêtait à tort un gros patrimoine et même un palais à Venise, fut haï par la bourgeoisie française comme rarement leader socialiste le fut. « La bourgeoisie me déteste, c'est parce que j'en viens », disait-il philosophiquement.

On rappelle fréquemment – et lourdement – que Fabius est fils d'antiquaire et qu'il habite près du Panthéon ; on souligne que Strauss-Kahn a du bien ou que BHL est milliardaire. On voit dans leur argent l'indice d'un engagement factice, le signe d'une foi de circonstance, la marque d'un apatride de la politique, d'un mercenaire de luxe, sans feu ni lieu. Souvent les hommes de la gauche caviar sont des juifs ou des protestants : les mêmes clichés, à peine adaptés, reviennent à la surface de l'inconscient collectif. Un peu comme une certaine droite n'aime pas les hommes sans identité nationale, une certaine gauche déteste les hommes sans identité sociale. Comme il y a pour la première une pureté de race, garantie de fidélité et de franchise, il y a pour la seconde une pureté de classe, gage de loyauté et de droiture. On n'aime pas les cosmopolites, les hybrides, les sang-mêlé, les métis de la politique. On veut une gauche populaire, aux origines simples et aux idées claires. Pas cette gauche entortillée dans ses contradictions et ses scrupules humanistes, des singes savants de la lutte de classe dont la bourgeoisie, finalement, tient toujours la laisse.

La détestation vient du mode de vie. Ami du peuple, c'est un fait que l'homme de la gauche caviar se garde d'en assumer les peines. Il tient à ses privilèges même s'il entend qu'on les oublie. Il habite volontiers le centre de Paris, plutôt le Ve ou le VIe, territoire traditionnel de l'intelligentsia progressiste. S'il est plus jeune, il consent depuis une décennie à franchir la Seine pour s'établir autour de la Bastille, cette marche de la rive gauche sur la rive droite conquise dans les années 1980. Il préfère les immeubles discrets et anciens, si possible d'avant Haussmann, avec un escalier ciré et de guingois, une concierge pittoresque, une cour pavée et des toits compliqués.

L'appartement est grand sans être immense, avec des canapés usés, des bibliothèques dans toutes les pièces, des tapis ramenés de Turquie, des parquets irréguliers, de sombres couloirs et un salon clair où les poutres sont apparentes et la télévision cachée. Il y a toujours, dans un coin, un bureau craquelé encombré de papiers en piles et de livres cornés d'où cigarettes et cendriers ont disparu depuis la proscription des années 1990. Aux murs mal éclairés par des lampes indirectes sont accrochées des aquarelles, des toiles abstraites et des affiches des années 1970. Sur une table basse on voit de gros livres d'art et des journaux froissés et sur une étagère la photo de leur maison de campagne, celle du couple à Sienne ou à San Francisco, une troisième prise pendant les années étudiantes, avec les cheveux dans les yeux et des pantalons à pattes d'éléphant.

Lui et elle travaillent dans les médias, la finance, l'édition, l'administration ou la politique. Elle gare sa petite voiture dans une rue tranquille à deux pas mais envisage de passer à la bicyclette, tandis que lui avec l'âge a troqué son scooter pour une grosse berline de fonction, souvent avec chauffeur. Il peste contre la manie qu'ont les chaînes de télévision et les agences de publicité d'installer leur siège dans l'ouest de Paris – autant dire à l'étranger – ce qui l'oblige à des trajets dignes d'un employé de banlieue. Elle rêve de l'utopique époque où les voitures seront interdites à la circulation dans le centre. Elle compte sur Bertrand Delanoë, le petit prince des bobos, pour exaucer ses vœux. Lui et elle défendent l'école publique, laïque, égalitaire mais les enfants vont à l'École alsacienne ou au cours Sévigné parce que « les méthodes sont meilleures ».

Quand il veut se faire voir, il déjeune chez Lipp où le patron lui serre la main. Il préfère le plus souvent les tables plus rares où les clients se saluent d'un clin d'œil complice, à la Bastide Odéon, au Récamier ou aux Bouquinistes. Le soir, on le trouve autour d'un verre au bar du Lutétia ou du Montalembert, le week-end au bord de la mer ou à la campagne dans une maison de vieilles pierres avec cheminée, grande flambée et vieux Burberry dans l'armoire de l'entrée, les vacances à l'île de Ré, près d'Uzès ou encore dans de lointains périples, Sierra Leone ou Bali en hiver, l'été en trekking au Népal ou bien dans l'Ouest américain entre Las Vegas et Los Angeles. Il aime les petits déjeuners avec *Libération* au carrefour de Buci ou avec *La Charente libre* sur le port d'Ars-en-Ré, les vieux John Ford à l'Action Christine, les dîners où l'on rit, les premières au Châtelet et les marches de Cannes derrière une starlette. Elle aime les courses chez Zara ou dans le Marais, les déjeuners de copines au café Marly, les brunches rue Cassette, les joggings au Luxembourg et la thalasso d'Essaouira.

La position sociale, ambiguë, paradoxale, vite hypocrite, déplaît tout autant. Les gens de la gauche caviar sont des hybrides, c'est-à-dire des intermédiaires, des émissaires, des passeurs. On ne les situe pas et pourtant ils sont bien présents. Ils ne sont nulle part, c'est-à-dire un peu partout : la gauche caviar fait le pont entre les idées et le pouvoir. La droite politique la ménage parce qu'elle en a peur. Elle redoute son entregent médiatique et parisien et surtout sa capacité d'arbitrer les élégances intellectuelles ou sociales. Traditionnelle, robuste dans ses raisonnements, simple dans ses références, la droite est vite ringardisée par les « beautiful people » de l'ironie et de la culture. Au pouvoir, les conservateurs ont toujours besoin de contacts avec l'adversaire, ailleurs que dans l'hémicycle, les studios ou à la table des négociations. L'opéra, les dîners en ville, les premières de concert ou un jardin du Luberon (on dit Lu*beu*ron) sont de bons terrains neutres où l'on peut, un verre à la main, arrondir les angles de la lutte des classes. Nous ne sommes pas en guerre civile : parlons-nous donc entre personnes de bonne compagnie, au-delà des querelles et des camps.

Le patronat la déteste parce qu'elle connaît le

monde des affaires, qu'elle y émarge souvent mais le trahit à la première occasion. En cautionnant les revendications des salariés, en leur donnant un lustre de sérieux, un soubassement théorique, une armature de réalisme, elle coûte cher aux managers et aux actionnaires. La gauche caviar fustige l'égoïsme des riches alors que son altruisme apparaît peu. Mais elle est incontournable parce qu'elle en sait trop et influe sur l'opinion. Dans toute stratégie de communication, on tombe inévitablement, dans une agence de publicité, dans un cabinet de conseil, dans une télévision ou un journal, sur l'un de ses représentants. L'Argent lui sourit en la maudissant.

La gauche politique s'en méfie presque autant. Les élus sont exaspérés par son moralisme. Ils se sentent jugés, méprisés parfois, par des gens qui n'ont jamais vu un électeur, qui ignorent ce qu'est un discours public, qui n'ont jamais pris la peine de convaincre un militant ou un citoyen, qui ne savent rien des efforts épuisants qu'on déploie dans les arrière-salles des cafés de campagne électorale ou dans les sections poussiéreuses d'un grand parti. Les experts sont agacés par la polyvalence élégante d'intellectuels ou de journalistes qui n'ont pas eu à éprouver les décevantes résistances du réel. La gauche caviar, le plus souvent, horripile les gouvernants : elle manie si facilement l'abstraction, le jugement péremptoire, le raisonnement brillant mais gratuit. Elle vole sur les sommets et ne descend pas dans les obscures vallées où se débattent ceux qui agissent sans se payer de mots. Elle donne des leçons et ne les écoute guère. Bref, elle exaspère.

Pourtant on ne peut se passer d'elle. Sensible à tous les courants, en symbiose avec la pensée, adhérente paresseuse mais vive de l'internationale du savoir, elle est un laboratoire informel des idées neuves. Dans ce vivier on peut piocher des conseillers, des experts, des relais et même des fidèles. Par sa position mondaine et sociale, la gauche caviar est le prisme à travers lequel on voit un homme, une action ou une carrière. Comme elle lance ou abandonne une mode, elle peut faire ou défaire une réputation, magnifier ou ternir une politique. Il faut donc l'amadouer, lui plaire, la cultiver. Mieux, il faut en être. C'est plus sûr. Disons-le aussi, au risque de susciter un agacement redoublé : la gauche caviar est composée d'hommes et de femmes de qualité. Coalisés autour d'un homme ou d'une idée, assemblés autour d'une cause ou d'un parti, soutenant une candidature ou un gouvernement, ces hommes et ces femmes sont souvent d'une efficacité décisive. Ils se mobilisent fréquemment pour des causes perdues, pour Mendès ou Rocard, par exemple. Mais quand ils passent chez Mitterrand ou chez Jospin, l'intéressé en reçoit une aide précieuse. Peut-on devenir le premier à Paris... contre Paris ? Peut-on entraîner l'opinion quand on néglige ceux qui, en partie, la font ? Peut-on avoir le soutien de la presse et non des journalistes ? Peut-on séduire l'intelligence quand on indiffère ceux qui la portent ? Parce qu'ils connaissent à l'avance la réponse à ces questions, les ambitieux de la gauche et même de la droite fréquentent la gauche caviar et font tout pour la mettre de leur côté.

Du coup, son rôle historique n'a rien de négligeable. Toujours dans les grandes avancées progressistes, dans les grands changements du rapport entre les classes, dans les grands moments réformistes, on trouve dans les couloirs, dans les antichambres, dans les salles de rédaction et, plus souvent qu'on ne le croit, dans les meetings ou sur les barricades, ces dissidents de la classe dirigeante. Les hommes paradoxaux, parfois, ont une fonction essentielle dans la marche des événements, souvent plus que les héros tout d'une pièce. Globalement, cette gauche ambiguë a servi la gauche, ces hommes entre deux classes ont soutenu la classe ouvrière, ces riches qui se soucient des pauvres, sincèrement ou artificiellement, les ont aidés. Osons le diagnostic : sur le long terme, l'influence de la gauche caviar ne fut pas si mauvaise. À toutes les étapes du progrès politique, dans les méandres d'une histoire parfois tortueuse, elle fut pour les démocrates et les socialistes un éclaireur, un auxiliaire et un compagnon.

Jusqu'à aujourd'hui ? Pas sûr. L'Histoire parle pour la gauche caviar. L'actualité beaucoup moins... Un souvenir est à l'origine de cette réflexion, confirmé par une étude plus systématique. C'était au cours d'un dîner amical et sophistiqué à la fois, dans un de ces appartements de famille parisiens qui sont l'écrin d'un bonheur raffiné comme de drames cruels. Autour d'une nappe blanche ornée de candélabres qui font des ombres élégantes et rendent les femmes plus jolies, la conversation roulait sur les affaires de l'heure, plutôt économiques, comme souvent dans une France à la croissance engluée. Il y avait là un ou deux universitaires, un ancien membre de cabinet socialiste, un journaliste, une publicitaire et un banquier connu pour ses affinités rocardiennes. On parla d'abord de l'emploi et, à l'exception du journaliste, chacun s'accorda à dire que le niveau excessif des salaires, à commencer par celui du SMIC, quoi que la gauche ait pu en dire jusque-là, expliquait pour l'essentiel la persistance désastreuse du sous-emploi. On payait trop les travailleurs et, du coup, on les employait moins : tel était le diagnostic général. Puis une jeune femme raconta ses vacances, les films de Cannes défilèrent autour de la table, les dernières nouvelles parisiennes occupèrent les esprits et l'économie reprit le dessus en fin de repas. Il s'agissait cette fois de l'activité et de l'entreprise, anémiées et maltraitées comme on sait dans notre pays. Aussitôt ce fut un cri – presque – unanime : le niveau confiscatoire de la fiscalité, qui écornait sans cesse les hauts revenus, était évidemment responsable du découragement des entrepreneurs, de leur répugnance à investir en France, de leur fuite à l'étranger. L'impôt sur la fortune était en tête de la liste noire, suivi par le niveau excessif des tranches supérieures de la fiscalité sur le revenu. Rien de très original, somme toute : dans tous les dîners où les convives ont du bien ou de hauts salaires, la même lamentation du contribuable peut s'entendre. Sauf que, cette fois, elle était conjuguée avec la condamnation du niveau des salaires. Autrement dit, pour cet aréopage progressiste qui votait depuis toujours pour la gauche, qui l'avait suivie, aidée, conseillée, guidée parfois, tout irait mieux en France si les pauvres gagnaient moins d'argent et les riches beaucoup plus.

Voilà la deuxième idée de ce livre : dans les années 1990 l'argent a pris son envol. Propulsé au firmament par la financiarisation de l'économie, il a entraîné dans son sillage toute la classe dirigeante, qui voyait soudain ses revenus décuplés et trouvait, paradoxalement, la morsure de l'impôt de plus en plus douloureuse. Élue par la mondialisation, une classe dirigeante nouvelle s'est constituée, internationale, libérale et européenne, plus riche, plus puissante, plus fluide que la phalange des anciens maîtres du capital. Toujours entre deux avions, entre deux Bourses, entre deux convictions et entre deux résidences, elle s'est bizarrement coupée des réalités, elle qui ne jure que par le réalisme. Le libéralisme à peine tempéré devint son credo alors que le reste de la population, ne percevant plus aucun dividende de l'irrésistible cours des choses, se repliait progressivement dans la condamnation confuse d'une modernité injuste. Comme un avion qui s'arrache à la piste, l'élite mondialisée emmena tous ses passagers dans le même élan, financiers et intellectuels, hommes d'industrie et de médias, droite et gauche. C'est ainsi que la partie progressiste de la classe dirigeante oublia ses devoirs, nia ses origines politiques, se rallia au catéchisme de l'adversaire. Au lieu de rechercher, comme par le passé, les idées qui justifieraient une politique différente, plus favorable aux couches modestes, la gauche caviar abandonna l'hégémonie morale et idéologique à ses partenaires adversaires du libéralisme le plus rigide. Dans « gauche caviar », le caviar l'a emporté sur les idées. Du coup la bourgeoisie de gauche est en difficulté. Elle ne perçoit plus les oscillations du corps électoral et perd toute originalité en adoptant platement les idées de la bourgeoisie tout court. Elle est rejetée comme le reste de la nouvelle élite, accusée de cynisme et d'égoïsme comme les autres, et abandonnant son rôle de charnière entre classe salariale et classe propriétaire, c'est-à-dire son rôle historique. Dangereuse situation où le peuple tout entier se sent oublié au bas de la société pendant que les importants, réunis dans la même cécité, ne le comprennent plus. Le retrait de la gauche bourgeoise dans la bourgeoisie ouvre la porte à tous les populismes, qu'il ne suffira pas de dénoncer comme les anciens curés fustigeaient le Malin pour les voir reculer. Il faut donc sonner l'alarme : encore quelques années, la coupure entre droite et gauche, si juste sur le fond, risque de laisser la place à une coupure beaucoup plus néfaste qui opposerait, dans les aventures les plus risquées, le haut et le bas de la société. Il est temps de revenir à la verticalité des conflits, de séparer de nouveau partisans du progrès et partisans de la conservation. Et donc de ressusciter une gauche bourgeoise qui redevienne de gauche. Pour la peine, on lui laissera, en guise de trophée, son cher mode de vie...

1

— Comment vas-tu ?
— Mal.
— Comment vis-tu ?
— Bien.

Ce décalage entre réel et conscience, sujet et objet, impression et situation, définit l'ambiguïté de cette gauche qui souffre dans son âme et non dans son corps. C'est, à vrai dire, une attitude universelle, qui saisit ceux d'en haut quand ils se penchent avec un peu d'honnêteté sur le sort de ceux d'en bas. Hypocrisie ? Tartuferie ? Souvent. La société est très imparfaite mais elle m'avantage : je prends mon mal en patience. Un instant soucieux, le puissant proche des misérables soulage sa conscience et retourne vaquer à ses confortables occupations. Pourtant, cet hommage du vice à la vertu vaut mieux, on en conviendra, que le cynisme des arrogants. Quand les riches disent : « Tant pis pour les pauvres, ils n'ont qu'à s'enrichir », la société devient beaucoup plus dure. Et, surtout, la mauvaise conscience mène parfois beaucoup plus loin qu'une gêne de l'âme. Dans les grandes commotions historiques, elle conduit à l'engagement et parfois au sacrifice. Certains par ce choix bouleversent leur vie. Il leur arrive même de la perdre...

Défense paradoxale, plaidoyer fragile ? Alors remontons le temps ! La gauche d'en haut, on va le voir, n'a pas commencé avec la gauche tout court. Elle date de bien plus longtemps, depuis l'époque, en fait, où la politique a commencé à s'occuper du rapport entre les classes sociales. C'est-à-dire en des temps très anciens. Le premier exemple probant, on le trouve... chez Plutarque. Comme quoi les phénomènes d'aujourd'hui ont toujours de longues racines ! Transportons-nous donc à Rome, il y a bien longtemps, là où la vie politique, souvent, annonça la modernité.

Un jour de quiétude dans cette Toscane qui est déjà un paradis de collines et de soleil, Tiberius Gracchus se promène à cheval avec quelques serviteurs. C'est un jeune homme plein d'allant et d'avenir, bien né autant que bien éduqué. Il descend de Scipion l'Africain, le grand général vainqueur de Carthage. Il est le fils de Cornelia et du censeur Tiberius Sempronius Gracchus, ami des Scipion, allié aux Claudii, et le mari de la fille d'Appius Claudius, le prince du Sénat. C'est un jeune noble attaché à la grandeur de Rome, avide de gloire et de service public. Rien ne le prédisposait au destin qu'il va connaître : rejeton de la classe dirigeante, il aurait dû poursuivre la voie de ses aïeux et chercher dans le maintien de l'ordre romain la garantie d'une vie de plaisir, de richesse et de gloire. Seulement voilà, Tiberius est fils de sa mère, qui est l'une des premières « bas-bleus » de l'Histoire, une sorte de Précieuse qui n'a rien de ridicule. Cornelia à Rome tient salon comme bien après elle Mme du Deffand et reçoit dans sa villa tout ce que Rome compte de puissance et d'intelligence. Son esprit, son courage et le malheur de ses fils en feront l'une des grandes figures de l'Antiquité, modèle de femme maternelle et intellectuelle, passionnante et tragique.

Frotté dès l'enfance aux joutes de l'esprit, Tiberius a fréquenté les penseurs. Hasard des rencontres et des séductions, il est devenu l'élève de deux stoïciens, le philosophe Blossius de Cumes et le rhéteur Diophane de Mytilène. Contre les penseurs de la raison d'État et du conservatisme, les deux intellectuels mettent en valeur la solidarité des citoyens et le service public. Avec une morale personnelle fondée sur la rigueur et la maîtrise de soi, ils défendent en politique une idéologie du salut du peuple, opposée à celle du salut de la république. Ils prennent en un mot le parti d'Antigone contre celui de Créon.

C'est cette formation, en sus d'un caractère trempé et rebelle, qui va motiver Tiberius. La promenade à cheval scellera son destin : cheminant dans la campagne, Tiberius ne voit que jachères stériles, paysans faméliques et grandes propriétés mal cultivées. La classe des propriétaires terriens – la sienne – n'entretient pas les possessions qui fondent son pouvoir. Symétriquement, les citoyens pauvres, ceux qui ont peuplé les légions, risqué leur vie pour la république, sont exclus de la propriété et vivent chichement sur des terres trop petites, quand ils ne sont pas chassés vers la ville et la misère.

Sur les chemins brûlants de soleil, Tiberius mûrit son projet. Une loi nouvelle doit disposer autrement de l'*ager publicus*, cette partie de la terre réservée aux anciens militaires (c'est-à-dire à la masse des citoyens) et que la coutume a fait tomber en désuétude au profit des grands possédants. Cette loi imaginée ce jour-là sera la réforme agraire, pour laquelle Rome va se déchirer pendant plus d'une décennie et se retrouver au bord de la guerre civile.

Rentré à Rome, Tiberius Gracchus se lance en politique. Il est tribun du peuple et fort de sa popularité dans la plèbe, il oblige le Sénat à accepter la législation nouvelle. Le partage actuel fonde l'alliance de Gracchus avec le peuple. Mais l'aristocratie n'entend pas abandonner de la sorte ses privilèges. La réforme agraire, entrant dans les faits, serait le prélude à d'autres changements qui pourraient saper les fondements de l'ordre ancien et donner au peuple une place inédite dans la république. Perspective insupportable. Les patriciens multiplient les pièges devant les pas enthousiastes de Tiberius Gracchus. On l'accuse d'ambition démesurée et de démagogie. C'est-à-dire, dans le langage d'aujourd'hui, de populisme. La situation politique se tend brutalement. Les grands ont toute une clientèle qui dépend d'eux. Le peuple se divise et les ennemis du changement prolifèrent du haut en bas de la société. Jusqu'au jour où une émeute plus agressive et plus organisée qu'une autre accule Gracchus sur une place de Rome. Ce peuple qu'il a voulu servir se déchaîne contre lui. Il tombe bientôt et l'on s'acharne sur son cadavre.

La mort de Tiberius n'épuise pas le mouvement de réforme. Dix ans plus tard, son frère Caïus, au terme d'une longue conquête politique, trouve à son tour une place éminente dans les institutions et pousse en avant un nouveau projet de réforme agraire. Il se heurte à la même opposition et connaît lui aussi une fin tragique.

Aristocrates devenus héros du peuple, militant pour plus de justice et de raison dans la république romaine, les Gracques sont restés des personnages mythiques dans la saga des opprimés. Férus d'histoire antique, les révolutionnaires de 1789 s'y réfèrent sans cesse, pour célébrer ou rejeter les premières mesures « partageuses » qu'on ait prises dans l'histoire humaine. Les Gracques, à certains égards, sont les premiers socialistes connus, et leur révolte venue d'en haut se produisit longtemps avant celle de Spartacus, cet opprimé héros des opprimés. Afin de montrer sa détermination et sa volonté de remettre en question l'ordre des propriétaires, Babeuf prit le nom de Gracchus avant d'organiser la « conspiration des égaux » qui voulait dépasser Robespierre en matière de réforme sociale. On date généralement de ce complot de 1797 l'origine du mouvement ouvrier, qui se fonde sur l'injuste inégalité des classes pour remettre en cause la propriété privée. Ainsi les précurseurs du socialisme prirent-ils le nom de deux aristocrates romains pour parrainer leur mouvement : déjà la gauche caviar faisait école.

Les frères Gracchus présentent tous les traits qu'on prête aujourd'hui à la gauche caviar. Ils en forment l'archétype, le modèle, la préfiguration. Ils sont riches et gardent pendant toute leur aventure le statut et le confort qui s'attachent à la condition nobiliaire. Rien ne les prédispose à prendre cette attitude. Rien sinon l'intérêt – la fascination – pour des doctrines nouvelles, plus altruistes et plus rationnelles. C'est la force des idées qui explique la saga des Gracques et non le déterminisme froid des structures sociales. Pour un Bourdieu, l'histoire des Gracques est incompréhensible : elle ne correspond en aucun point à la théorie de l'habitus et des champs de pouvoir qui font la base de sa sociologie marxisante. Leur choix est individuel. Il ne découle pas de la logique des intérêts qui sert depuis si longtemps de clé d'interprétation historique à la gauche officielle d'origine marxiste. Comme la plupart du temps ceux qui s'engagent sur la foi d'une impression et d'un raisonnement, les Gracques échappent aux catégories simples de la lutte des classes. Il arrive très souvent – fort heureusement – que les hommes n'adoptent pas les idées de leurs intérêts. Ils sont plus libres que ne le pensent les philosophes de l'Histoire. Certains d'entre eux peuvent infléchir le cours des choses.

C'est aussi l'ambition qui les meut. De leur projet égalitaire les Gracques veulent faire un tremplin pour la conquête du pouvoir. Portés au sommet par la faveur populaire – ils manœuvrent pour écarter l'ancienne génération et réformer les institutions romaines à leur profit. Leur idée – faire pièce au Sénat, gardien des traditions aristocratique et républicaine, en s'appuyant sur le tribunat, lui-même fondé sur une assise populaire, est une idée d'avenir, qui peut régénérer Rome mais qui peut aussi la perdre. Bien plus tard Octave pour devenir Auguste, le premier empereur, recourra à la même tactique, cette fois au profit non du peuple, qui fut sa dupe, mais d'une dictature personnelle. Celle-là même que les vieux sénateurs accusaient les Gracques de vouloir instaurer. Toujours l'ambivalence de la gauche d'en haut, qui se mobilise pour un idéal mais n'oublie jamais qu'elle a été formée avant tout aux jeux du pouvoir. Sens de la nouveauté politique autant que des lois anciennes de l'ascension sociale. Lutte des classes et lutte pour les places.

Volonté de sauver l'essentiel, aussi. Les Gracques agissent pour le compte du peuple mais ils ne s'y dissolvent point. Ce sera la troisième caractéristique de la gauche caviar dans l'histoire : elle ne passe pas avec armes et bagages de l'autre côté. Elle ne vit pas parmi les pauvres et évite soigneusement les vocations extrémistes. Souvent on a vu des aristocrates ou des bourgeois se convertir, tout quitter et prendre le masque du conspirateur, l'habit du révolutionnaire, l'arme du guérillero. La gauche élitiste se garde de ces emportements. Elle croit à la réforme non à la révolution. Elle prône le compromis entre les classes et non le renversement de l'ordre ancien. Les Gracques agissaient pour la grandeur de Rome et non pour sa subversion. Il leur semblait qu'une république plus juste serait une république plus forte. En réfutant les anciennes traditions, en s'opposant aux conservateurs, en réclamant une politique nouvelle, les Gracques avaient le sentiment de défendre les principes éternels de Rome. Ils pensaient sacrifier quelques oripeaux accessoires pour sauver le principal : la gloire et la vertu romaines. On verra que cette attitude est permanente dans la fraction éclairée, réformatrice des classes supérieures : améliorer l'ordre social, le rendre acceptable, pour mieux l'assurer. Changer pour consolider, réformer pour conforter, rationaliser la société pour la garantir, toujours ce souci profond expliquera l'action réformatrice des dissidents de l'oligarchie. Pour cette raison, ils seront toujours conspués par les révolutionnaires, qui voient bien plus de danger chez un réformateur intelligent que chez un conservateur obtus.

Les solutions raisonnables proposées par les réformateurs issus de la classe dirigeante sont dénoncées comme un faux-semblant, une tromperie à masque social, une ruse des puissants. Aussitôt on agite l'adage du « guépard » : dans un roman puis dans un film également célèbres, cet aristocrate sicilien cynique et fort ouvre ses salons à la bourgeoisie montante pour sauvegarder son pouvoir et ses propriétés : pour que rien ne change, il faut que tout change. Bouleversons les apparences : la réalité en sera mieux préservée. La gauche caviar, dans l'histoire, ne serait plus qu'une garde rouée de l'ordre établi, un paravent du conservatisme. Feu sur les réformes : elles retardent l'avènement de la révolution. Feu, donc, sur la gauche caviar : en prêchant les concessions inévitables, elle sauve le pouvoir. Pour que tout change, il faut que rien ne change...

En fait, on le verra, les réformateurs de la gauche bourgeoise sont souvent sincères. Ils ne croient pas à l'utopie révolutionnaire et veulent épargner à la société, sans doute par intérêt, peut-être par lucidité, les épreuves de l'insurrection armée. Ils croient à l'amélioration progressive et non au grand soir. Dans les rangs de la gauche caviar, on le constatera, se recrutent beaucoup de grands réformateurs. L'Histoire, souvent, leur rend justice, après coup. En voulant la société romaine plus juste, les Gracques eussent sans doute mieux assuré la république, que le peuple aurait soutenue parce qu'il y avait intérêt. En annulant les réformes, en tuant ses promoteurs, l'aristocratie romaine a miné sa puissance. Le peuple s'est divisé, une partie l'a abandonnée au profit des démagogues et des dictateurs. Cicéron, qui défendra jusqu'au bout la république menacée par César puis détruite par Octave, ne disposera que de son pouvoir sur les sénateurs – c'est-à-dire sur la classe dirigeante – pour sauver les institutions romaines. César puis Octave sauront jouer de la faveur du peuple pour détruire les libertés romaines. En réconciliant le peuple et la république, les Gracques auraient prévenu l'entreprise des candidats à l'Empire. Ils auraient sauvé l'essentiel. Comme toujours dans la politique occidentale, qui reproduit si souvent les schémas des Anciens, ce qui s'est vu à Rome se verra dans l'époque moderne. L'histoire de la gauche caviar n'est pas seulement ancienne. Elle est constante.

2

Le soir tombe dans le grand salon, comme sur un monde condamné.

Les valets ont allumé les lustres et la lumière rouge se reflète dans les baies vitrées qui ouvrent sur un jardin ordonné. Les bijoux des femmes brillent dans la pénombre où les visages s'estompent et les regards se perdent. Par petits groupes les invités se sont assis aux tables aux pieds sculptés pendant que l'on dispose sur des nappes blanches les volailles, les rôtis, le gibier et les entremets. Le vin échauffe les conversations tandis que l'hôtesse, élégante et espiègle, accueille les nouveaux arrivants assise dans une vaste bergère. Nous sommes dans le temple du luxe et de l'esprit, au faîte de la pyramide sociale, là où aristocrates et philosophes, enfants chéris de la société à ordre, échangent bons mots et jugements cruels. On commente les faits et gestes du gouvernement, on dissèque un madrigal ou un traité de physique, on parle sciences naturelles et opéra. On plaide pour une réforme et on détruit une réputation. Le roi est loué mais la cour moquée et les ministres brocardés. On incarne au plus haut point l'éclat de l'ordre établi... et sa ruine prochaine. Car ces gens bavardent sur un volcan : avec la plus grande gaieté, en défaisant une à une les bases culturelles, intellectuelles, philosophiques de la monarchie absolue et du catholicisme romain, ils prononcent en phrases spirituelles l'arrêt de mort du vieux monde. Nous sommes au milieu du XVIIIe siècle à Paris, à quelques décennies de la Révolution : là est vraiment née la gauche caviar. Dans le salon de Mme du Deffand ou dans celui de Mme Geoffrin, au milieu du luxe et du raffinement, ont mûri les idées nouvelles et fané les vieux principes.

On objectera qu'il n'y avait à l'époque ni gauche ni caviar. Les œufs d'esturgeon se gâtaient bien avant de parvenir à Paris et restaient l'apanage de quelques boyards. Quant à la gauche, ce n'était pas une dénomination politique : les partis n'existaient pas et il faudra attendre la Révolution pour que le président de l'Assemblée, soucieux de clarifier les débats, place à sa gauche les partisans des idées nouvelles et à sa droite les tenants de l'Ancien Régime. Pourtant l'anachronisme est légitime. Après tout, les ortolans et les chapons tenaient le rôle du caviar et, surtout, les idées des écrivains et des philosophes accueillis dans ces salons – la Raison, l'Égalité, la Liberté, la réforme politique et sociale, le recul du pouvoir clérical ou la critique de l'absolutisme – seront propres à la gauche pendant de longues décennies.

Après le raidissement conservateur des dernières années de Louis XIV, quand Mme de Maintenon avait mis le Roi-Soleil sous l'éteignoir du dogme catholique, la Régence et l'avènement de Louis XV avaient libéré la pensée sinon la société. Dans le prolongement de l'humanisme retrouvé à la Renaissance, une cohorte d'écrivains, de savants et de philosophes, brillants, créatifs, géniaux pour certains d'entre eux, avait commencé de libérer l'esprit humain de la gangue des traditions. Diderot, Voltaire, Rousseau, d'Alembert, étaient l'ornement de la bonne société avant d'en être les destructeurs.

Autour de leurs idées, plusieurs jeunes femmes de l'aristocratie parisienne avaient réuni une brillante société qui se retrouvait à heure fixe pour parler, écouter, rire et réfléchir. Les plus grands seigneurs fréquentaient les penseurs qui conspiraient à leur perte. Et ils adoraient cela. La liberté de l'esprit, loi unique de ces agapes luxueuses, était furieusement à la mode et l'on n'aimait rien plus qu'un bon mot contre la cour, une admonestation au roi ou un raisonnement scandaleux pour l'Église. Plutôt que sur la tradition, la monarchie et la religion, on voulait fonder l'ordre social sur la raison et sur la liberté. L'individu maître de lui-même et de ses droits, qui prenait son envol dans le rayonnement des Lumières, serait l'atome de la société nouvelle. Il jetterait bas comme autant de superstitions les ordres, les corporations, les préjugés et la morale cléricale.

Mais, en tirant les plans de l'avenir, chacun prenait soin de jouir du présent. Les philosophes avaient besoin des grands pour leur protection et de subsides pour leur plume. Ils goûtaient la bonne chère, le confort des hôtels particuliers et le brio des femmes bien nées. S'ils voulaient le bien du peuple, c'était après s'en être extrait pour gagner leur place à dîner auprès de leurs nobles amis, compensant leur absence de particule par le niveau de leur conversation. De la fréquentation de la noblesse, dont ils minaient les assises avec une grande intelligence, ils espéraient invitations, pensions, places et charges. Pour éditer, il fallait des appuis car la censure veillait. Pour écrire, il fallait du temps, c'est-à-dire échapper au sort trivial des bourgeois obligés de gagner leur argent à des tâches roturières. On se plaint aujourd'hui de voir la culture asservie par la marchandise. À l'époque la servitude était pire : faute de pouvoir vendre ses œuvres, on devait les dédier à un seigneur lettré qu'il fallait flatter, écouter et servir. Lequel réalisait rarement qu'en protégeant tel ou tel bel esprit il réchauffait une vipère philosophique en son sein.

Habermas a fort bien décrit la naissance de cet « espace public » qui était une nouveauté radicale dans l'ordre politique. Comme Rome qui serait la mémoire de la grande Révolution, on se retrouvait en France transporté sur les bords du Tibre quand les Romains de la bonne société, telle Cornelia, entretenaient philosophes et poètes pour illustrer leur nom et nourrir leurs ambitions politiques. Avec l'Empire, puis sa décadence et sa chute, le phénomène disparaît. Au Moyen Âge, la brutalité et la religion sont les seuls soutiens du pouvoir et la pensée s'est exilée dans les monastères et les universités. Dans les salons des châteaux on boit et on mange. Il n'est point question de raisonner et encore moins de critiquer l'ordre social. Les féodaux ou le roi ne le toléraient pas. L'idéologie venait par la religion et on s'étripait au nom de Dieu et non de l'égalité ou de la liberté. Jusqu'au XVIIIe siècle, la monarchie et les grands se disputaient le pouvoir dans la lutte feutrée des factions ou les massacres de la guerre civile. En France, l'absolutisme a absorbé la noblesse et domestiqué l'art. L'Église surveilla jalousement les choses de l'esprit. La ville ne joua son rôle que dans le cas d'émotions populaires, comme pendant la Fronde, et le monarque échaudé par l'émeute en sa capitale a tout concentré à portée de ses regards, dans cette Cour de Versailles qui est le lieu du pouvoir autant que de la création ou des vanités.

Philippe d'Orléans – le Régent – plus libéral, suivi de Louis XV qui aime la subtilité des écrivains, laisse naître une activité nouvelle : la conversation libre tenue loin de la Cour, chez ces aristocrates qui commencent à trouver Versailles pesant et Paris follement amusant. La Ville, bientôt, s'oppose à la Cour. Le livre se répand, les gazettes fleurissent, on se passe des libelles, on se lit des tragédies et l'esprit critique à chaque fois s'en trouve vivifié. On s'émerveille du progrès des sciences qui réfutent sans pitié la cosmogonie religieuse autant que l'idée de la nature dispensée par les prêtres. Une opinion publique naît et prend l'habitude de disputer ouvertement des affaires du royaume. Pour fonder ses jugements, elle dispose des journaux, qui irradient jusque dans les petites villes de province, des livres des philosophes et des pièces des dramaturges. L'ordonnancement des demeures en est modifié : on réserve à la réception de grandes pièces bien éclairées pourvues de hautes fenêtres et de sièges nombreux, sur lesquelles donnent l'entrée d'un côté, la cuisine de l'autre. L'intimité est repoussée plus loin, dans des pièces moins accessibles. La séparation entre espace privé et espace public s'inscrit dans l'architecture : la pierre elle-même se modèle sur la nouveauté politique. Bientôt le souverain dut prendre en compte ce nouvel acteur de la lutte pour le pouvoir ; les carrières s'organisèrent pour dompter cet animal indocile. Ce qu'on disait « à Paris » prit une importance soudaine dans le royaume. Ainsi l'activité des artistes et des écrivains se trouve tout à coup ennoblie. Prenant son autonomie, la Ville conquiert son indépendance intellectuelle. La réfutation des vieux principes et l'établissement de bases morales nouvelles pour la société deviennent le souci de tout ce qui pense, écrit et discourt. Chaque jour les avancées du savoir contredisent les enseignements du catholicisme. Le ciel, la terre, la nature et même la société s'organisent selon des principes rationnels et non en vertu de la parole divine, en tout cas telle que la fixent le pape et les évêques. Les maximes de l'Église et les édits du Roi ne sont plus écritures sacrées. On peut, on doit, les mettre en question. Toute réaction des autorités semble fâcheuse, surannée, illégitime.

Les historiens marxistes lient à la montée économique de la classe des fabricants, des marchands et des banquiers l'émergence des mentalités nouvelles. Rien n'est moins sûr si l'on jette sur cette histoire un regard plus moderne. C'est au cœur de la haute société que sont nées les idées nouvelles, à l'abri de la protection éclairée des seigneurs les plus ouverts – ou les plus inconscients. Ce ne sont pas des bourgeois calculateurs et prudes qui préparent la chute de la monarchie. Ce sont des francs-tireurs de toutes les classes venus dans les salons de l'aristocratie par le seul effet de leur talent de plume et de réflexion. Et c'est dans un milieu qu'on dirait aujourd'hui « de droite » que naît ce qu'on appelle « la gauche ». De cette histoire, l'infrastructure économique n'est que le décor. La pièce, elle, se joue entre des hommes qui choisissent, en connaissance de cause, de ruiner intellectuellement l'ordre ancien avant de le renverser par la Révolution. Les élites de l'esprit, philosophiques et réformatrices avant d'être révolutionnaires, ouvrent la voie au bouleversement du royaume de France. On dirait aujourd'hui, selon la formulation volontairement anachronique qui sous-tend notre raisonnement, qu'au

XVIIIᵉ siècle la gauche caviar de l'époque sert d'éclaireur à la gauche tout court.

Rien n'illustre mieux ce paradoxe décisif que la vie extraordinaire de François-Marie Arouet, dit Voltaire, à qui l'on décernera le titre étrange mais bien mérité de fondateur de la gauche caviar.

En apparence, François représente plutôt les intérêts de la bourgeoisie. Dans le catéchisme marxiste il pourrait trouver sa place. Son père est notaire. Toute sa vie il saura compter, poète très prosaïque, rêveur aux pieds sur terre. L'argent l'intéresse et le motive et il fera dûment fortune, gérant ses domaines et sachant faire fructifier son bien par une énergique industrie et d'habiles spéculations. Ainsi il pourrait se faire le porte-parole de cette classe montante, en adopter les mœurs et les préjugés. Rien de tout cela ! À seize ans, il dit : « Je veux être homme de lettres. » Son notaire de père lui rétorque avec le bon sens des gens de propriété : « C'est l'état d'un homme qui veut être inutile à la société, à charge à ses parents et qui veut mourir de faim. » Un moment résigné, Arouet fils suit les cours de l'école de droit. Il est rebuté par la grossièreté de la langue, les manières, la vulgarité des passions de rentier. Jean Orieux, son biographe, explique sa déception : « Le local ? Il l'appelle une grange. Jamais il ne se fera à ce milieu : il lui faut des ducs et des princes pour être compris et des lambris pour s'épanouir. » Telle est la vérité, l'écrivain en herbe est enticé de baronnes et de titres. Bien loin de vouloir renverser la table, il guigne une place au banquet. Le rimailleur est un snob. Ainsi toute sa vie il recherche la compagnie, la reconnaissance, l'amitié des grands. On l'accuse d'avoir posé le premier échafaudage de la guillotine. Las ! Loin de vouloir faire tomber les têtes, il ne pense que perruques, chapeaux et couronnes.

Une duchesse l'embauche pour corriger ses vers. Voilà un début pour l'ambitieux qui veut les honneurs avant d'ironiser sur les préjugés. Génie de plume, il conquiert bientôt sa place d'homme de lettres et de mondain. Tout lui sourit même les jeunes marquises, lui qui n'a guère le physique d'un chérubin, avec sa bouche trop mince, son port malingre et son regard en biais. Il fait rire ou enrager dans des soupers qu'il domine de son esprit. Ses vers plaisent, ses sarcasmes amusent et sa conversation distrait. Son talent vaut presque quartier de noblesse. Presque. Un soir de 1726, le destin le croise, sous l'espèce d'un chevalier atrabilaire, trop conscient de son rang – c'est un Rohan – qui en veut à Voltaire pour quelque moquerie. L'écrivain est reçu à dîner chez un aristocrate de ses amis quand un laquais se présente et lui glisse un billet : on l'attend en bas dans la rue pour une affaire urgente. Il se lève, sort de table, descend l'escalier et passe la tête dehors. Aussitôt on l'agrippe, on le jette à terre et on le bastonne à grands coups de gourdin. À quelques pas, le chevalier de Rohan dans son carrosse observe la scène. Moulu de coups, saignant et déchiré, Voltaire remonte chez ses amis et demande de l'aide. Quand on apprend que Rohan est à l'origine du forfait, les visages se ferment, les conversations dévient et l'on fait comprendre à l'homme de lettres qu'il est décidément trop inférieur à l'homme de bien pour qu'on s'ameute en sa faveur. Humilié, brisé, mortifié, Voltaire constate les limites de l'amitié la plus chaleureuse dans la société des trois ordres. Il n'est pas aristocrate : qu'il se débrouille.

Il veut tuer Rohan mais le chevalier menace de le

faire assassiner préventivement. Voltaire s'exile en Angleterre puis revient décidé à se venger. Comme il n'a rien d'un poltron, ses amis cette fois s'inquiètent et agissent : plutôt que de prendre fait et cause pour lui, ils le font embastiller par le roi pour l'empêcher d'atteindre Rohan. Voltaire est sauvé mais doublement humilié. Son esprit supérieur et sa drôlerie cruelle pouvaient en faire un philosophe de cour aussi bien qu'un révolté. Il opte décidément pour l'ironie subversive. Quitte-t-il le monde ? Certes non. Il est plus que jamais enragé de soupers fins et d'hôtels particuliers. Mais désormais son talent insigne qui plaît tant en haut lieu sera dispensé pour miner préjugés et privilèges. À la complication injuste des traditions héritées, Voltaire oppose la lumineuse simplicité de la Raison, rendue redoutable et légère par la prose la plus drôle du siècle. Rien n'échappe plus à l'acide de son style, ni la philosophie trop optimiste de Leibniz ni les lugubres et très catholiques *Pensées* de Pascal, ni les préceptes religieux ni la désuétude de l'absolutisme. Voltaire émarge à l'ordre traditionnel mais il en sape les fondements : il invente la gauche caviar. Ses batailles contre les préjugés et contre l'Église en font un des éclaireurs de l'Humanité.

Puis, l'âge mûr venant, alors qu'il pourrait jouir de sa gloire et de sa fortune dans son château de Ferney où il développe l'agriculture de rendement en même temps que ses romans, ses essais et ses tragédies, il s'enflamme pour une cause perdue qui est son plus beau combat. Une famille protestante, les Calas, a été accusée du plus grand des meurtres, celui d'un fils par son père. Au début Voltaire s'indigne, non de la condamnation mais du crime qu'il attribue comme tout le monde au chef de famille : le fils avait menacé de se convertir au catholicisme, son père rigoriste et fanatique l'aurait assassiné. Mais bien vite les étrangetés de la procédure retournent le seigneur de Ferney. Calas a été condamné sur des preuves insignifiantes ; les doutes sont béants et la famille entière a été mise à la torture sans rien avouer. Condamné, passé à la question extraordinaire, roué en place publique, les membres brisés et le corps martyrisé, Calas a clamé son innocence jusqu'au bout. Et, surtout, les juges s'épaulent dans une choquante solidarité de corporation et sont sous l'emprise de l'Église qui n'a aucune indulgence pour une famille de la religion « prétendument réformée ».

Voltaire se lance dans la bataille. Il engage sa réputation, son argent, son temps jusqu'à la réhabilitation de Calas qu'il obtient au terme d'un interminable combat. Rien, ni gloire ni intérêt, ne le poussait à un tel engagement ; rien sinon la haine des préjugés, l'indignation devant des règles de procédure moyenâgeuses, le désir ardent de voir triompher, *in fine*, la Raison et l'Humanité. Autrement dit c'est bien la force de l'Idée qui anime le philosophe, comme elle meut ses confrères, tous d'origine mélangée, Rousseau, Diderot ou d'Alembert et que rien ne prédisposait sinon le talent et l'intelligence au rôle qu'ils ont joué dans l'Histoire. Le mouvement des Lumières a changé la face du monde et fait bifurquer le destin des hommes. Pourtant il est né de choix individuels déterminés par un certain état non des classes sociales mais de la vie intellectuelle. Voltaire et ses amis n'ont pas fait ce qu'ils ont fait par intérêt. Leur position sociale était déjà assurée quand ils ont commencé à conspirer contre l'ordre ancien. Amis des puissants, ils étaient, dans la lutte contre ceux qui les protégeaient, désintéressés. C'est la force paradoxale de ces membres de l'élite qui se séparent de l'élite. Ils n'ont pas grand-chose à gagner sur le plan matériel. La satisfaction morale et narcissique leur suffit. D'où leur efficacité historique. Décidément, à cette époque, la gauche caviar éclaire la gauche...

3

De ces deux figures de traîtres à leur classe, on ne sait lequel fut le plus destructeur. L'un a agi dans la gloire, le panache, la candeur de l'idéal. L'autre fut tortueux, corrompu et cynique. Pourtant le premier, à bien y réfléchir, fit sans doute plus de mal à son ordre que le second.

La Fayette a emmené les jeunes nobles pleins d'espérance qui allaient aider à la création des États-Unis d'Amérique. C'était le premier système politique fondé sur l'égalité civile : il représentait un précédent dangereux pour la noblesse française dont La Fayette était le fils. Revenu à Paris, « le héros des deux mondes » serait un rempart bien friable pour la couronne alors même qu'il commanderait la force armée de la capitale, seule capable d'endiguer les émeutes qui seront mortelles à Louis XVI.

Talleyrand, l'évêque au grand nom qui suggéra aux révolutionnaires de saisir les biens d'Église, chef de file des « prêtres jureurs » ralliés à la république, aristocratique agent de l'égalité, exilé par la Terreur, puis serviteur de maints gouvernements, a jeté bas l'ordre hérité de ses ancêtres. Mais il a contribué à le restaurer en 1814, à la chute de l'Empire, alors que La Fayette échouait à jouer un rôle. Le roué vénal, au fond, fut plus utile au roi que le candide au cœur pur. Tous deux, en tout cas, incarnent à merveille le rôle que va tenir la « gauche caviar », si anachronique que soit le terme, aux temps du grand chambardement révolutionnaire. Reprenons notre définition : la « gauche caviar », c'est la fraction progressiste de la classe dirigeante, celle qui agit de concert avec les classes dominées. Il s'agit donc en 1789 de la partie de la noblesse acquise aux droits de l'homme et à la Liberté. Elle allait démontrer son importance dans l'extraordinaire séquence qui commence.

La Fayette et Talleyrand auraient dû rester fidèles à leurs origines. Leur brio, leur énergie, leur talent, les destinaient aux plus hautes charges dans l'ordre ancien. Et pourtant ils choisirent l'ordre nouveau... ou le désordre. Force du hasard, souveraineté des choix individuels : là encore les philosophes de l'Histoire se trompent en voulant tout prévoir et tout expliquer par les structures sociales. Si ces deux-là, chacun dans son genre, ont choisi la Révolution, c'est bien par l'accident d'un destin personnel.

Un jour de 1775, un officier du roi, en garnison à Metz, âgé de dix-sept ans, de bonne noblesse et de grande fortune, ayant ses entrées à la Cour et ses habitudes dans les salons, dîne en face du duc de Gloucerter, qui sympathise avec la cause des Insurgents américains. Écoutant l'éloquent convive, La Fayette tombe amoureux de la cause américaine. Il n'a désormais de cesse que de rejoindre les rebelles des forêts profondes, en guerre contre une de ces monarchies anciennes qu'il aurait dû soutenir. Exalté, généreux, le jeune Gilbert remue les montagnes. Il affrète un vaisseau, rallie ses amis, solde une troupe et convainc la

Cour de le laisser faire. Les souverains creusent leur tombe sans le savoir : Louis XVI et ses ministres ne décèlent pas la menace contenue dans la Déclaration d'indépendance votée à Philadelphie ; ils voient surtout dans la guerre américaine l'occasion d'une revanche sur l'Angleterre que le honteux traité de Paris a faite maîtresse des sept mers. La révolte « insurgente » sera une épine dans la couronne britannique et la France en tirera parti.

Voici donc La Fayette officier dans l'armée de George Washington. Mais point comme simple soldat. Sa naissance et sa fortune lui donnent d'emblée accès au général en chef, de surcroît franc-maçon comme lui. La Fayette joue son rôle sans une faute. Militaire, il apprend vite tactique et stratégie et se distingue à la tête de ses troupes par sa sagacité et son impétuosité. Diplomate, il est l'ami, le confident de Washington et son avocat auprès de la cour de Versailles, obtenant de la monarchie hommes et munitions pour aider les républicains d'Amérique. Bienfaiteur de la marine, Louis XVI a missionné sur place l'amiral de Grasse avec une flotte puissante et des ordres flous, qui prescrivent la reconquête des Antilles en même temps que l'aide aux Insurgents. C'est La Fayette qui persuade de Grasse de transporter sa flotte de Saint-Domingue à la baie de Chesapeake où un bref combat naval va éloigner l'escadre anglaise et provoquer la chute de Yorktown, tournant de la guerre d'Indépendance. À moins de vingt-cinq ans, La Fayette est partie prenante de la reddition anglaise et protagoniste au traité qui consacre la victoire de la jeune république sur la vieille monarchie. Noble de haute volée, il a été décisif dans la défaite d'un gouvernement qui protégeait la noblesse. Quelques années plus tard, le « vent d'Amérique » va souffler en tempête sur la cour de Versailles. La Fayette, au premier rang, aura été l'un de ceux qui l'ont fait lever.

Revenu à Paris, il jouit de sa gloire et d'une vie privée passionnée et tendre, vivant dans le luxe sa condition d'ami du peuple et de la liberté. Il reçoit en son hôtel particulier du faubourg Saint-Honoré la société la plus brillante sans craindre le ridicule de la vanité. Chez lui on doit parler anglais et le dîner est servi par des Peaux-Rouges emplumés. Excès typique de la gauche d'en haut. Qu'importe : il est « le héros des deux mondes », dissident fêté de sa propre classe sociale.

Même ambiguïté chez Talleyrand, même choix de circonstance, aussi sombre que l'autre fut lumineux. Beau jeune homme plein d'esprit et d'enthousiasme, Charles Maurice est affligé d'un pied bot qui le place dès son enfance à part de l'humanité. Infirme à la jambe difforme, il poursuivra toute sa vie une revanche éclatante contre le sort, qu'il obtiendra à force de ruse et de duplicité. Son handicap est redoublé quand une famille à l'esprit obtus l'oblige à entrer en religion alors qu'il n'a ni foi ni vocation. Le jeune Talleyrand rendra visite une fois, en tout et pour tout, à son évêché d'Autun, qui fut pour lui un revenu et non un sacerdoce. À Paris, il est un prélat libertin, multipliant soirées raffinées et aventures amoureuses dans les marges d'une Église qui pardonnait volontiers à ses clercs égarés s'ils étaient bien nés. Charles Maurice se distingue vite par son esprit, son sens des affaires de l'État, son intelligence déliée et large qui embrasse tout problème politique avec un œil d'aigle et l'expose d'un style élégant.

Au milieu des succès, pourtant, la haine secrète de

l'infirme révolté fait son œuvre. De cette société qui l'accueille en le méprisant, qui le comble de bienfaits mais le confine dans un état dont il ne veut pas, il tirera une éclatante vengeance. À la Révolution naissante, élu député au moment des états généraux, il apporte aux hommes de la liberté son habileté, sa compétence financière, son aisance mondaine et son intime connaissance des ressorts de l'Église. C'est lui qui, voyant les difficultés financières dans lesquelles se débattent les pionniers de la Révolution, propose la nationalisation des biens du clergé, geste politique décisif qui va donner à la Révolution un cours radicalement nouveau, brutal et anticlérical. Talleyrand-Périgord, fils d'une famille qui remonte aux croisades, contribue par son aura, sa culture, ses manières et ses conseils à la victoire de la Révolution. Un autre fondateur, donc, de la gauche caviar.

Un troisième larron incarne lui aussi la trahison de classe : Philippe, cousin de Louis XVI et duc d'Orléans. Depuis longtemps la branche cadette des Bourbons, tenue en lisière du pouvoir par des souverains inflexibles, joue un jeu oblique sur l'échiquier du pouvoir. Parfois titulaire de la régence, souvent plongée dans les intrigues, toujours ambiguë dans sa relation avec la branche aînée, la famille des Orléans a toujours prêté une oreille attentive – et fourni des subsides – aux contempteurs du gouvernement royal. Philippe n'échappe pas à la règle. L'ambition familiale le motive, son appartenance à la franc-maçonnerie mais aussi un mode de vie licencieux qui en fait un subversif dans les mœurs avant de l'être en politique. Immensément riche, propriétaire, entre autres, du Palais-Royal où s'épanouit le commerce de marchandises, d'effets boursiers, de jeunes femmes et de jeunes hommes, Philippe d'Orléans a passé le plus clair de sa jeunesse en sensuelle compagnie. Tous les soirs, qu'il vente, qu'il pleuve ou qu'il neige, le duc et ses amis de la haute noblesse organisent ce qu'on appellerait aujourd'hui des partouzes et qu'on nomme à l'époque soirées galantes. Avec une nuée de jeunes femmes de sang bleu et de mœurs légères, ou bien plus trivialement avec une escouade de prostituées recrutées en son nom dans Paris, le duc passe de longues heures à deviser, à boire plus que de raison et à copuler en nombreuse et active compagnie.

Il voudrait une carrière politique mais la Cour s'en défie; il espère un commandement dans la marine mais il n'en a ni le talent ni l'esprit de décision. Alors quand arrivent les bouleversements de l'été 1789, il saute sur l'occasion, interpelle le roi, intrigue avec Choderlos de Laclos et quelques autres agents pour infléchir la politique du royaume et mettre en difficulté son pataud cousin Louis XVI. Au moment de la révolte des parlements puis après les états généraux il prend transitoirement la tête de l'opposition de Sa Majesté, plaidant pour une monarchie constitutionnelle dont il se verrait le connétable et même, si les circonstances sont propices, le destinataire d'une couronne que les cabrioles de la Révolution auraient fait sauter de la tête de son cousin sur la sienne. Poussant au plus loin la compromission, il laissera sa fortune dans l'affaire, puis son honneur : Philippe d'Orléans devenu Philippe Égalité sous la Convention, au procès de Louis XVI, ultime trahison, votera la mort du roi.

Ces trois personnages colorés sont les chefs de file d'une troupe essentielle : celle qui va précipiter de l'intérieur la chute de l'Ancien Régime en se ralliant à la Révolution. Dès la réunion des états généraux imprudemment convoqués par Louis XVI qui cherche des ressources financières nouvelles, la « gauche caviar » de la monarchie démontre son importance. On sait que Sieyès, dans un célébrissime opuscule, a stigmatisé l'inégalité de la représentation dans les trois délégations qui se réunissent à Versailles. Le tiers état, qui forme 90 % de la population, n'est pas plus nombreux aux états généraux que les députés de la noblesse et du clergé, pourtant mandatés par des ordres ultraminoritaires. Ayant obtenu le doublement du tiers, les députés roturiers demandent la réunion des trois ordres dans la même assemblée, où ils espèrent conquérir une majorité. Louis XVI résiste, on s'insurge, on vote des adresses, et l'éloquence de Mirabeau commence à exercer ses sortilèges. Noblesse et clergé seraient-ils fidèles en bloc à la couronne que le roi pourrait rester sur ses positions. Mais c'est sans compter avec les Talleyrand, les La Fayette et les d'Orléans. Formant autour d'eux une phalange de nobles libéraux et de prêtres ouverts aux idées nouvelles, ils abandonnent publiquement leur classe sociale et rejoignent le tiers. Celui-ci peut alors se déclarer Assemblée nationale et décréter qu'il va doter le royaume d'une Constitution. Le coup de force politique a été rendu possible par la dissidence spectaculaire des « progressistes » de la classe dirigeante.

Le peuple, bien sûr, reprend le premier rôle en empêchant par l'émeute – une émeute commencée sous les fenêtres de Philippe d'Orléans, dans le jardin du Palais-Royal – la dispersion de l'Assemblée nationale que méditait la Cour après le renvoi de Necker. Mais la « gauche caviar » avant la lettre a montré sa force et son sens de l'occasion historique. Sans la journée du 14 juillet, point de Révolution. Mais sans la dissidence de quelques nobles et de quelques prêtres frottés de voltairisme et de rousseauisme, formés par l'*Encyclopédie*, gagnés à la Raison et au Progrès, point de 14 juillet.

Trois semaines plus tard, par une soirée torride du mois d'août, alors que Paris est encore frémissant de l'émeute salvatrice, le vicomte de Noailles puis le duc d'Aiguillon, tous deux partisans des idées nouvelles, tous deux amis d'Orléans et de La Fayette, tous deux décidés à réformer le royaume dans le sens des droits de l'homme et de la liberté, quand bien même ils y perdraient leur ancienne position, montent à la tribune pour réclamer, dans un enthousiasme indescriptible, l'abolition des privilèges. Les mauvaises langues historiques diront que l'un et l'autre étaient perclus de dettes et que leurs revenus nobiliaires étaient gagés auprès des créanciers. Il n'empêche : c'est du cœur de la société aristocratique qu'est venue cette nuit du 4 août et l'annulation des principaux droits qui fondaient encore la distinction sociale à l'époque. La gauche caviar sacrifie son caviar à l'égalité...

Talleyrand continue de briller dans l'Assemblée par son intelligence et son habileté. Il est corédacteur de la Déclaration des droits de l'homme puis rapporteur sur la question ultrasensible des biens du clergé. La Fayette a moins de brio. Son poste de commandant en chef de la garde nationale et sa popularité de « héros des deux mondes » devraient en faire l'arbitre de la situation, le rempart de la monarchie réformée autant que le héraut des élites éclairées. Il manœuvre mal, hésite devant l'émeute, se perd en projets chimériques. La fête de la Fédération, le 14 juillet 1790, sera son apogée. L'évêque de gauche et le noble ami des droits de l'homme sont les héros de la fête. Le premier dit la messe sur le champ de Mars devant la Nation assemblée. Le second parade sur son cheval blanc dans un grand concours populaire. Apothéose parfaitement accordée à la nature profonde des élites progressistes. Toujours elles rêvent d'une réconciliation du peuple sur l'autel de nouveaux principes, toujours elles veulent la concorde nationale dans une société non pas parfaite – la perfection est pour les révolutionnaires – mais simplement meilleure.

Mais, dans les orages, la modération n'est guère prisée. Notre gauche caviar avant la lettre va bientôt laisser place aux extrêmes. Les Girondins ont voulu la guerre pour conforter la Révolution et Louis XVI n'a pas su s'accorder avec ceux qui voulaient le sauver, Mirabeau, La Fayette ou Pétion. L'invasion et la « Patrie en danger » produisent une tension extrême et l'avènement d'hommes nouveaux, Danton, Robespierre, Saint-Just ou Marat, qui s'appuient sur le peuple de Paris pour éradiquer l'ordre ancien. L'heure des élites raisonnables et réformatrices est passée. La Terreur sauve la république mais chasse les pères des droits de l'homme. La Révolution dévore ses enfants. La Fayette est fait prisonnier pendant la première campagne et, libéré, il reste en exil. Talleyrand gagne prudemment les États-Unis. Philippe d'Orléans, après avoir vu la tête de son cousin tomber place de la Révolution, monte à son tour sur l'échafaud. Les nobles ralliés succombent dans la tourmente, Aiguillon, Condorcet, Lavoisier et bien d'autres.

Les nobles ralliés à la Révolution ont utilement contribué à sa victoire. Celle-ci ne leur en est guère reconnaissante. La « gauche caviar » des années révolutionnaires traverse difficilement les épisodes suivants. Sous la Terreur, on guillotine les ci-devant quelle que soit leur opinion. Puis le Marais prend le pouvoir en thermidor. Certes c'est un noble de petite extraction, Paul de Barras, le « roi du Directoire » qui domine la période. Mais il est d'abord le commis de la bourgeoisie révolutionnaire qui occupe maintenant la scène politique. Talleyrand revient en grâce. Rentré en France, il retrouve ses appuis. Quand il est nommé ministre des Affaires extérieures, il dit : « Et maintenant, il faut faire une immense fortune, une fortune immense. » Une nouvelle élite se constitue au feu des journées parisiennes et des guerres. Le Directoire, tant décrié, sauve la république en comprimant les factions de droite et de gauche, monarchiste et jacobine. Mais l'équilibre est trop instable. Comme Robespierre l'avait prévu quand la France a déclenché la guerre européenne, c'est un général qui rafle la mise. Bonaparte devient le nouveau délégué des bourgeois conventionnels avant de s'arroger tous les pouvoirs et d'emmener la France vers sa plus grande gloire et sa plus grande chute. Les hommes de la noblesse libérale se fondent dans le nouveau régime. Ils n'ont pas succombé sous la Terreur : ils sont bien contents d'avoir « vécu », comme le dit Sieyès. Les Bourbons n'ont pas su réformer leur monarchie ? Va pour Bonaparte. Napoléon opère une concentration des élites autour de la dynastie nouvelle qu'il veut fonder. Il jette les bases d'un État moderne centralisé. Mais le vertige des victoires l'emmène trop loin. On le regarde faire avant de le regarder tomber. La Fayette reste sur ses terres jusqu'en 1814 et, revenu à Paris après la campagne de France, joue un rôle éphémère. Talleyrand avec Fouché est le parrain du retour des Bourbons. La Restauration ouvre un nouveau chapitre.

Ainsi les élites éclairées de 1789 n'ont pas su maîtriser le processus révolutionnaire. Dès 1790 elles veulent « fixer la Révolution aux principes qui l'ont commencée », selon la phrase célèbre contenue dix ans plus tard dans la proclamation de Brumaire. Mais la Révolution ne se fixe pas. Le choc des passions emporte tout et la politique sagement réformatrice des Lumières n'y survit pas. Il ne peut y avoir de politique du juste milieu parce qu'il n'y a pas de milieu. On est d'un camp ou de l'autre, devant la barricade ou derrière. La « gauche caviar » perd dans cette tempête sa raison d'être. Échappant en principe aux enrégimentements, elle doit choisir un maître. Elle disparaît dans le fracas de la guerre civile. Pourtant son rôle fut tout sauf négligeable. La machine lui a échappé, certes. Mais, en 1789, c'est elle qui l'a mise en branle.

4

Le 19 juin 1843, Eugène Sue devint riche et socialiste.

Dans *Le Journal des débats* paraît ce jour-là le premier chapitre des *Mystères de Paris*, cette saga du peuple parisien farcie d'horreurs sublimes, qui prend le lecteur au collet à la première ligne pour le lâcher haletant et furieux au milieu d'une scène de drame dont il ne pourra connaître le dénouement qu'à la livraison suivante du journal. Les *Mystères* vont tenir la France en haleine pendant une année. Dans *La Revue des Deux Mondes*, Sainte-Beuve a beau fustiger cette « littérature industrielle », la révolution médiatique enclenchée en 1836 par Émile de Girardin a bouleversé le monde des lettres. Girardin a rendu les journaux populaires en diminuant leur prix et en compensant par la publicité le manque à gagner. Leur tirage décuple. Pour le soutenir, on fait feu de tout style. À côté des nouvelles sensationnelles, des polémiques au couteau, des échos fielleux, le feuilleton est roi. Découpé en tranches de texte bien saignantes, parlant en termes crus et vivants de l'Histoire ou de la société, il assure à lui seul l'explosion de la diffusion. Du coup, les romans atteignent des tirages inimaginables dix ans plus tôt. Malgré les remontrances des critiques, Balzac, Hugo, Dumas, autrement dit les meilleurs, ont fait taire tout scrupule pour se plier à la férule de cet art à la ligne... Et dans ce monde des auteurs à grand public et grande bourse, Eugène Sue est le plus connu, le plus fêté, le plus fortuné. Les *Mystères* sont aussi célèbres que plus tard les feuilletons de télévision des années 1960 comme *Belphégor* ou *Jacquou le Croquant*. Leur tarif à la pièce monte en raison du tirage. Sue, le gandin séducteur, pourra soutenir son dispendieux train de vie.

Riche et socialiste... Riche, surtout, parce que socialiste. Autant que l'art du romancier dont les techniques annoncent le cinéma – suspense, spectacle, méchants ténébreux et bons sentiments répandus à grands seaux –, c'est l'orientation politique des *Mystères* qui a fait leur succès. Vingt ans avant *Les Misérables* du grand Victor, en explorant les bas-fonds de la capitale ignorés du public, Sue montre au peuple son malheur et sa grandeur. Il désigne aux bourgeois le volcan sur lequel ils dansent en redingote et qui gronde sous leurs pas. Marx lui-même traitera de ce socialisme littéraire dans *La Sainte Famille*, pour le réfuter, bien sûr. Sue aime le peuple d'un amour sentimental éloigné des froides analyses de la lutte des classes selon Marx. Avec une efficacité bien supérieure, à cette époque, aux traités du philosophe hégélien et barbu, *Les Mystères de Paris* jouent dans la dénonciation du capitalisme le rôle que tiendra *La Case de l'oncle Tom* dans celle de l'esclavage. Quatre ans plus tard, ce peuple élevé par Sue à la dignité romanesque se révolte pour de bon. La monarchie de Juillet laisse place à la République. C'est la revanche de La Chouette, de Pipelet, de Rodolphe et des autres.

Un peu grâce à Eugène Sue, on dira « chapeau bas devant la casquette ». La révolution de 1848 restera dans le cœur de la gauche française comme une légende romantique.

Pourquoi l'auteur des *Mystères* est-il devenu socialiste ? Autre mystère... On sait qu'un soir de 1841, Félix Pyat, journaliste et dramaturge républicain, à l'entracte des *Deux Serruriers*, la pièce qu'il donne à la porte Saint-Martin, a parlé au dandy de la plume. Pyat, qui sera plus tard blanquiste acharné, opposant à l'Empire, dirigeant de la Commune en 1871 puis député républicain de Marseille, a décrit à Sue, venu en confrère, ce qu'on n'appelle pas encore la « condition ouvrière ». Le lendemain, les deux écrivains dînent chez un ouvrier que Pyat fréquente, et qui détaille avec une éloquence émouvante la « question sociale ». Quand Eugène Sue sort de chez lui, il s'écrie : « Je suis socialiste ! »

Pourtant rien ou pas grand-chose ne prédisposait l'écrivain à trouver ainsi son chemin de Damas. Fils de grand médecin, héritier d'une jolie fortune, marin puis peintre parce qu'il refuse la voie tracée par son père, Sue est avant tout un dandy qui roule calèche, porte un habit bien coupé et des gants de peau, passe de femme en femme et dissipe sa vie en dîners fins ou en soirées galantes. Admirateur de Fenimore Cooper et de Walter Scott, il se lance dans le roman maritime puis dans les fresques historiques, par amour de la réussite financière autant que de la littérature. Ses romans faciles se vendent plus ou moins bien. Il peut compléter les revenus de son héritage et faire courir son cheval Mameluk à Chantilly, sur la pelouse du duc d'Aumale. En 1838 il a mangé le bien légué par sa mère. Mais deux ans plus tôt Girardin a créé *La Presse* et Sue lui donne deux feuilletons qui dopent le journal. Le dandy écrivain est tiré de ses embarras financiers. Il achète une maison avec jardin rue de la Pépinière, dont Balzac fera l'hôtel de la comtesse Laginska dans *La Fausse Maîtresse* et qui devient un des repaires du Paris littéraire et mondain.

Dès lors, il travaille à un rythme d'enfer, donnant aux journaux feuilleton sur feuilleton qu'il écrit au fil des parutions. Il multiplie les scènes pathétiques et les renversements de situation que l'absence de plan initial fait sortir de toutes les règles de la vraisemblance. Ponson du Terrail n'est pas loin. Comme on dit à Hollywood : « Not always good but never boring », « Pas toujours bon mais jamais ennuyeux ». Après *Les Mystères de Paris*, il poursuit une carrière torrentielle d'auteur à succès. Mais son engagement politique n'a rien de gratuit. En 1848, il rejoint le parti républicain socialiste. La victoire de Louis-Napoléon et du parti de l'ordre lui vaut des attaques de plus en plus dures des autorités. Au coup d'État du 2 décembre, il est emprisonné. Libéré, il choisit l'exil, comme Victor Hugo. Il part pour Annecy, ville du royaume de Savoie, où il reste jusqu'à sa mort en 1857.

Pour la gauche caviar, l'existence précède l'essence. Les idées initiales, les préjugés de classe, les convictions héritées ne déterminent pas la vie de l'élite progressiste. C'est la vie qui forge ses idées. C'est par l'expérience de la société et surtout le spectacle des grands événements qu'elle change d'opinion et fait ses choix politiques. L'historien, le plus souvent, cherche à expliquer l'événement par la société. Beaucoup plus rarement il s'aperçoit que l'événement explique la société. On en trouve pourtant l'exemple achevé dans l'histoire d'Eugène Sue et, plus largement, dans l'évolution du milieu littéraire de 1815 à 1848. Élite particulière, la société des écrivains et des artistes obéit à ses lois propres qui sont celles de la création et des querelles d'école. Elle ne touche à la politique qu'en second lieu, quand le mouvement des idées coïncide, par un jeu de hasard et de nécessité, avec celui des lettres. Ainsi vécut le mouvement romantique, qui passa de la tradition à la liberté, de la monarchie à la démocratie, du roi à la république. À cette évolution, aucun soubassement structurel, aucune détermination profonde, aucun effet de l'origine sociale. Le ballet des choix individuels sur la musique des événements.

Rejet du classicisme pesant imposé par Napoléon ? Allergie à la fureur romaine qui agitait les hommes de la Révolution ? Influence de Chateaubriand, le précurseur du romantisme, « l'Enchanteur », ami du roi et de la Charte, qui avait bouleversé la littérature ? « Je serai Chateaubriand ou rien », a dit le jeune Victor Hugo. Toujours est-il que les écrivains de vingt ans, en ces lendemains de cataclysme, sont conservateurs en politique. Ils sont royalistes parce que romantiques et, peut-être, romantiques parce que royalistes. L'Ancien Régime, avec ses apparats, ses légendes séculaires, sa passion de l'honneur, ses lignées fabuleuses et ses beautés anciennes, excite une imagination que les soubresauts sanglants de la Révolution et de l'Empire avaient épuisée. Sainte-Beuve : « De 1819 à 1824, sous la double influence directe d'André Chénier et des *Méditations*, sous le retentissement des chefs-d'œuvre de Byron et de Scott, au bruit des cris de la Grèce, au fort des illusions religieuses et monarchiques de la Restauration, il se forma un ensemble de préludes où dominaient une mélancolie vague, idéale, l'accent chevaleresque et une grâce de détails souvent exquise... » Le romantisme est né. Autour de *La Muse française*, revue littéraire fondée par Émile Deschamps où Victor Hugo va bientôt prendre l'ascendant, lors des soirées littéraires dont l'hôte est le conservateur de la bibliothèque de l'Arsenal, Charles Nodier, il prend son essor. Poésie, théâtre, roman, il s'empare en quelques années de tous les genres et enlève une à une toutes les bastilles des lettres. La bataille d'*Hernani*, les pièces de Dumas, *Notre-Dame de Paris*, la prose de Gautier ou celle de Vigny, les odes et les épopées hugoliennes, sont les étapes picaresques de cette conquête. Mais en s'étendant, le romantisme prend de la profondeur. À la recherche d'émotions nouvelles, dans une boulimie de formes et d'expériences, il va peu à peu se détacher de son inclination première. À l'exemple de Byron, il ressent comme un aimant l'attraction de la liberté. Et se jetant au milieu du peuple, en réhabilitant les fureurs de la Révolution et les fanfares de l'Empire, il se fera, en 1830 et en 1848, révolutionnaire. Adulés, riches, titrés, les auteurs romantiques vont mettre leur plume au service du peuple. De la droite littéraire, ils passent à la gauche caviar.

Un soir de 1833, une foule étrange se presse à la porte d'un appartement de la rive droite. C'est celui d'Alexandre Dumas, bien trop petit pour recevoir les invités, costumés comme à Venise et surtout nombreux comme un régiment. Mais l'écrivain a tout prévu. Sur son palier une autre porte s'ouvre sur la demeure voisine, enfilade de salles qu'il vient de louer à ses voisins absents. Il a fallu décorer à la hâte l'appartement vide. À cette époque, Dumas est le roi de

Paris. Ses drames, *Henri III et sa cour*, *Antony*, *La Tour de Nesles*, ont chassé la tragédie et attiré dans les théâtres un public innombrable et fiévreux. Louis-Philippe a donné un bal pour l'élite de la capitale. Dumas veut faire mieux et, tel Fouquet, organiser une fête plus brillante que celle du roi. Pour orner les salles nues, il appelle Eugène Delacroix, Decamps, Barye et Célestin Nanteuil, les peintres les plus célèbres du temps, qui couvrent les murs de fresques improvisées. Le souper préparé par l'écrivain est à base de gibier, neuf chevreuils et trois lièvres qu'il est allé tuer en personne dans les forêts domaniales. Il a échangé trois chevreuils avec un traiteur pour du saumon et de l'esturgeon à foison. On ignore si le caviar qui va avec fut livré...

À l'heure dite, les plus belles actrices de Paris sont là. Les dames de la haute société se sont battues pour avoir une invitation, on les repère au milieu des célébrités de la littérature, du théâtre et de la politique. Trois cents bouteilles de bordeaux attendent la compagnie, autant de bourgogne et cinq cents de champagne. Deux orchestres jouent. À minuit, le spectacle est inouï. Le vieux La Fayette est là tout comme Odilon Barrot alors au sommet du pouvoir. Rossini est déguisé en Figaro, Delacroix en Dante, Eugène Sue en domino, Mlle George en paysanne d'Italie et Mlle Mars en marquise du temps d'Henri III. Tout ce que Paris compte de talent et de pouvoir danse à perdre haleine. André Maurois raconte que, pour ce qu'on appellerait aujourd'hui un « after », à neuf heures du matin, les invités euphoriques et éméchés se lancèrent dans la rue pour une farandole vénitienne qui s'étendit jusqu'au boulevard.

Trois ans plus tôt, le dramaturge prodigue et mondain, géant chaleureux à tête de More, généreux en tout, dans l'amour comme dans les lettres, s'est illustré dans une autre fête. Un jour de juillet, quand le ministère Polignac a publié les décrets supprimant la liberté de la presse, Dumas a hélé son valet pour qu'il lui apporte son fusil à deux coups et il est descendu dans la rue. Pendant trois jours – les « Trois Glorieuses » – l'auteur de mélodrame est devenu un acteur de la grande pièce révolutionnaire. Il a harangué les foules, électrisé les salons, construit des barricades et tiré sur la soldatesque. Car l'écrivain millionnaire et mondain, hôte de la Cour, vedette de la Comédie-Française et ami du duc d'Orléans, est un progressiste. Sous la monarchie qui le laisse vivre et écrire, il est républicain. Bref, Alexandre Dumas, petit-fils d'esclave, fils de général républicain brimé par Bonaparte, figure rayonnante et tonitruante du romantisme, est un homme de la gauche caviar, de la gauche champagne, de la gauche gibier.

Il est l'image de son milieu, celui de la littérature romantique, passée du roi au peuple à travers une vie de fêtes et de batailles de salons. Le théâtre, sous la Restauration, ressemble un peu à ce que sera, bien plus tard, le cinéma à Hollywood. Lieu enchanté de toutes les passions, de toutes les ambitions, de toutes les ascensions, il ruisselle d'argent, d'énergie et de sensualité. L'invention du drame et surtout celle du mélodrame ont drainé un immense public dans les salles de la rive droite. Un public lettré, qui lit les critiques et remplit les loges et surtout un public populaire, qui fait la claque au « paradis », ces places à bon marché regroupées au sommet des encorbellements.

Les millionnaires soucieux de se faire un nom à la ville risquent leur fortune dans une pièce en échange des faveurs d'une actrice. Les stars ont leurs caprices parce qu'elles tiennent les producteurs par leur popularité. Mlle Mars change les répliques qui ne lui plaisent pas. Mlle George choisit ses auteurs et Marie Dorval improvise en scène pour sauver une représentation mal engagée. Comme on le voit dans le film de Carné, Frédéric Lemaître transforme à sa guise *L'Auberge des Adrets* pour en décupler le succès. Sachant qu'on investit sur lui plus que sur le texte, il exige que son nom apparaisse en lettres géantes sur les affiches. Quand on lui objecte qu'on ne pourra pas inscrire celui de ses partenaires, il répond : « Mettez-les du côté de la colle ! »

Une pièce échoue à la générale ? On la réécrit à plusieurs dans la nuit pour le vrai public, sans vanité d'auteur ni scrupule de créateur. On fabrique les drames en équipe et le métier de nègre est aussi lucratif que celui de ministre ou de banquier. Dumas en tête, qui apparaît sur certaines affiches sous la forme d'étoiles alignées, exigence de l'auteur initial réécrit par son compère, et qui ne veut pas ternir son nom par la proximité d'une aussi célèbre signature. Il en use aussi. De plus en plus, il aura recours à Auguste Maquet, ce professeur d'histoire doté d'une plume alerte et d'une grande érudition, qui l'accompagnera longtemps et qui se fait d'abord connaître sous le nom plus romantique d'Augustus Mac Keat.

Ce monde du succès, de l'argent et de l'émotion commercialisée fait la fortune des auteurs après celle des producteurs et des comédiens. Irrésistiblement, au fil des événements qui rythment l'histoire française comme les actes d'un drame, il penche du côté de l'avenir, des emportements populaires qui passent du théâtre à la rue, des loges incommodes aux dangereuses barricades. Au théâtre, la vie est une belle histoire pleine de rebondissements, de violence et d'amour. La vie politique aussi est un théâtre. Les romantiques, quoique membres de la bonne société qui les lit avec délices, la trahissent en conscience pour la beauté du geste, pour le frisson de l'Histoire.

Plus que Dumas, Hugo est leur maître et leur pilote. La guerre contre les classiques en a fait lui aussi une figure de la subversion lancée au faîte des honneurs. Rebelle littéraire, il devient notable social. En deux décennies, il est chef d'école, auteur de best-sellers, héros de Paris, académicien, pair de France et génie officiel. Il quitte la légitimité plutôt vite mais, en 1848, il est toujours membre du parti de l'ordre, méfiant à l'égard de l'insurrection qui vient d'ensanglanter Paris, accueillant avec faveur la victoire de celui qu'il n'appelle pas encore « Napoléon le Petit ». Entre-temps, bien sûr, il a bataillé pour la liberté, pour les humbles qu'il exalte dans *Les Gueux* ou *Notre-Dame de Paris* ou bien contre la peine de mort dans *Le Dernier Jour d'un condamné*. Sa « prise de conscience », comme on dirait aujourd'hui, vient de son travail, d'autant qu'il a commencé dès les années 1840 à prendre d'innombrables notes pour ce maître roman du peuple qui deviendra *Les Misérables*.

Un jour d'octobre 1848, le prince candidat de Thiers et du parti de l'ordre vient modestement frapper à la porte d'Hugo rue de la Tour-d'Auvergne. « Je viens m'expliquer avec vous, dit-il au poète. Est-ce que je vous fais l'effet d'un insensé ? [...] Si Napoléon (le premier...) est plus grand, Washington est meilleur. Entre le héros coupable et le bon citoyen, je choisis le bon citoyen. Telle est mon ambition. » Hugo le trouve triste et laid mais il est impressionné. Il se souvient que le neveu, fils d'Hortense, a fréquenté naguère les carbonari et qu'il a rédigé une brochure socialisante, *L'Extinction du paupérisme*. Entraîné par ses géniales intuitions, il se voit inspirateur du prince, conseiller vertueux ou ministre intègre, montrant au petit Bonaparte les immenses perspectives de la réforme politique et sociale qu'il projette. Une fois l'élection gagnée par « le crétin » adoubé par Thiers et qui roulera son mentor en beauté, le journal de Victor Hugo, *L'Événement*, devient fébrilement bonapartiste. Le poète est prié à l'Élysée parmi les premiers, et le nouveau président se penche vers lui d'un air humble en lui demandant conseil. Hugo déroule à longueur de colonnes l'avenir radieux d'un despotisme modeste et démocratique à la fois, tout entier tourné vers le bonheur du peuple et la concorde des nations. Il tombe de haut quand il s'aperçoit – en deux ans tout de même – que Louis-Napoléon le tient pour un songe-creux en politique et que le président à l'œil morne poursuit méthodiquement son but d'aventurier retors : à tout prix et par tout moyen, rester au pouvoir. Hugo rompt avec l'Élysée et avec la rue de Poitiers où se réunit l'état-major du conservatisme à la Thiers. Il devient un homme sans attaches, sinon celles que lui donne son idéal, ce romantisme devenu sur le tard populaire et démocratique.

Une petite droite ricanera de cette naïveté qui rime avec fatuité, de cette ambition éternelle des intellectuels à vouloir guider les puissants, de cette vanité des hommes de plume à devenir des hommes de pouvoir. On dira que le pape du romantisme est en fait un opportuniste, qu'il a épousé toutes les causes et servi tous les régimes depuis 1815. On lui adressera donc, par-delà un siècle et demi, le réquisitoire classique tissé contre la gauche caviar : hypocrisie, naïveté, double vie et double langage. C'est oublier la suite. Le 2 décembre 1851, quand Napoléon le Petit fait son 18 Brumaire, Hugo se métamorphose. Le pair de France entre en dissidence. L'académicien quitte l'épée d'apparat pour la pique de l'émeute. Dès la nouvelle connue, les premières proclamations placardées sur les murs par les séides de Bonaparte, le poète des salons est dans la rue. Il court les boulevards en exaltant la résistance, cherche les appuis pour s'opposer au coup de force et, quand on lui demande s'il faut écrire des pamphlets, il répond, superbe et généreux : « Non ! Il faut prendre les armes ! » Ce n'est pas une formule. On oublie qu'il y eut quatre cents morts à Paris en raison du coup d'État et bien plus en province. Le député Baudin se mêle à l'insurrection et, quand un insurgé prolétaire lui reproche son indemnité parlementaire (toujours le procès de la gauche bourgeoise), il monte sur une barricade en jetant : « Vous allez voir comment on meurt pour vingt-cinq francs ! » Une balle bonapartiste l'abat sur-le-champ.

Hugo a échappé au massacre. Proscrit, pourchassé, il fuit en Belgique. Il ne reviendra que vingt ans plus tard, à la chute du Second Empire, après un séjour de souffrance et de féconde création dans les îles Anglo-Normandes. Il est l'exilé immense, le prisonnier de ses principes, le Prométhée de la République enchaîné sur son rocher. Mais il est encore un bourgeois. Ses droits d'auteur assurent sa prospérité. D'autant qu'il écrit furieusement, *Histoire d'un crime*, *Les Châtiments*, *Les Misérables*, *Les Travailleurs de la mer*, *Quatre-vingt-treize*... À Guernesey, il a acheté une belle maison en hauteur, blanche et droite au-dessus de la Manche grise et verte, d'où, par temps clair, on aperçoit les côtes de France. Le rez-de-chaussée est sombre et hiératique, décoré d'objets chinés sur l'île. Au premier étage trois salons, un bleu, un blanc, un rouge, témoignent de son idéal. Au deuxième, une grande table noire et trois sièges inégaux, une pour le Père, une pour le Fils et une petite pour Victor comparaissant devant Dieu, meublent le « salon du Jugement dernier ». De l'autre côté, une chambre avec un lit à baldaquin est prête pour la visite de Garibaldi, qui ne viendra jamais. Au dernier étage, une vaste salle vitrée lui sert de bureau. Sa maîtresse Juliette Drouet est logée un peu plus loin. Quand elle est libre, elle accroche un drapeau à sa fenêtre. Le matin, il travaille debout accoudé à une tablette, sous la verrière du toit, la mer en bas. L'après-midi, il marche ou il lit dans un fauteuil profond. Le soir, il reçoit, parle de la mer ou de la situation politique et fait tourner les tables. Toute la journée, il trousse les bonnes, inépuisable dans l'amour comme dans la littérature. Revenu à Paris après le 4 septembre 1870, il est un monument vivant, le génie de la Liberté, le grand-père de la République et il meurt à quatre-vingt-un ans chargé d'honneurs, de richesses et de gloire méritée. Le Tout-Paris se presse à son enterrement, vingt jeunes auteurs portent son cercueil mais aussi deux millions de Français interdits qui finissent la soirée en une vaste bacchanale. Autour du géant abattu l'élite et le peuple se réconcilient. Toutes les gauches, caviar ou autres, sont réunies, et même les droites. Vanité des classifications, universalité de la littérature.

5

Dans l'odeur de papier encré qui flotte sur l'atelier, un homme en habit noir lit l'article de une du lendemain. C'est un texte haletant qui dénonce l'iniquité faite à un capitaine juif condamné à vie et déporté sur une île au large de la Guyane. On y démontre les irrégularités de la condamnation de l'officier pour trahison, et la parodie de justice qu'a été l'acquittement du commandant Esterhazy, tenu pour le vrai coupable par les partisans du condamné.

Nous sommes le 12 janvier 1898 au siège de *L'Aurore*, journal radical et dreyfusard. L'éditorialiste principal vient de rentrer d'une soirée à l'Opéra, écharpe blanche en bataille, pour relire une dernière fois les épreuves. Sous l'œil des typographes qui attendent les corrections avant d'envoyer les casses de plomb à l'imprimerie, il prend un crayon et raye le titre. L'auteur a conclu sa démonstration par une péroraison meurtrière qui accuse de forfaiture les principaux officiers de l'état-major de l'armée française. À la place de l'ancien titre – « Lettre au président de la République » –, Georges Clemenceau inscrit le nouveau, à l'intention des ouvriers qui attendent le bon à tirer : « J'accuse, par Émile Zola. »

Dans une France déchirée, où l'Église et le parti conservateur combattent sans merci la IIIe République, où le conflit hérité de la Révolution française se poursuit sur un mode à peine atténué, où l'opinion commence à s'émouvoir du sort d'Alfred Dreyfus, accusé d'avoir transmis aux Allemands des secrets militaires, un pays où une droite antisémite a pris fait et cause de la manière la plus extrême pour l'armée, la raison d'État, la patrie et contre Dreyfus, l'article de Zola provoque une déflagration. *L'Aurore* se vend le lendemain à deux cent mille exemplaires et s'empare des esprits. L'affaire Dreyfus, que l'état-major avait cru clore en faisant acquitter Esterhazy, accusé d'être le véritable auteur du bordereau qui a servi à la condamnation de Dreyfus sur la base d'une vague ressemblance d'écriture, prend grâce à Zola une dimension de crise nationale. L'État est accusé jusqu'au plus haut niveau. Il ne pourra éviter d'attaquer Zola en diffamation. L'écrivain tient son procès où, pense-t-il, la vérité ne manquera pas d'éclater. L'opinion devient furieusement dreyfusarde ou antidreyfusarde, les familles se brouillent, les amis s'insultent et les partis s'affrontent. Zola est sans cesse menacé de mort et reçoit des lettres emplies d'excréments. Son procès suscite une émeute déclenchée par les ligues antisémites et l'écrivain doit s'enfuir en Belgique pour échapper à une condamnation à un an de prison ferme.

En août, la nouvelle expertise demandée par le ministre de la Défense, Godefroy Cavaignac, révèle que le document qui a fait condamner Dreyfus est un faux fabriqué par le colonel Henry. On est au bord de la guerre civile. La droite, l'Académie, le clergé, l'armée, le journal *La Croix* et *La Revue des Deux*

Mondes sont antidreyfusards. La gauche, la Ligue des droits de l'homme, les intellectuels, les socialistes et les républicains alliés grâce à la chaleureuse énergie de Jean Jaurès, sont réunis dans la défense du capitaine condamné à tort.

Il était temps ! Jusque-là, c'est-à-dire pendant la période où la cause de Dreyfus, incertaine et minoritaire, demandait un courage rare, une grande perspicacité et des principes d'airain, l'Affaire est surtout... l'affaire de la gauche caviar. Jules Guesde, le grand militant et orateur socialiste, vulgarisateur du marxisme en France, figure intransigeante de la classe ouvrière, l'a dit d'une formule assassine : « L'affaire Dreyfus est un règlement de comptes interne à la bourgeoisie ; elle ne concerne pas la classe ouvrière. » Et, au fond, c'était vrai. Du moins à l'origine. Dreyfus lui-même est un officier de la bourgeoisie juive alsacienne, patriote, conservateur, de belle fortune et d'esprit un peu court. On raconte que, longtemps après sa réhabilitation, entendant dans un dîner un convive défendre avec chaleur un accusé pour lequel les preuves manquaient, il laisse tomber : « Il n'y a pas de fumée sans feu ! »

Son frère Mathieu, son premier et principal défenseur, fait, avec esprit et intelligence, ce que son frère aurait sans doute été incapable d'accomplir. Il trouve appui auprès d'un ami qu'on peut sans hésiter classer dans les rangs de la gauche bourgeoise. Bernard Lazare est un lettré, disciple des parnassiens, journaliste brillant, juif intellectuel et républicain qui popularise la cause du capitaine dans le milieu de la presse et des lettres. Il enrôle dans le combat un républicain alsacien, Scheurer-Kestner, vice-président du Sénat, aussi peu prolétarien que possible. Ce petit groupe isolé s'agite pendant des années sans grand résultat. Mais il est sûr de son fait. Le chef de la sûreté, nouvellement nommé, le colonel Picquart, a constaté lui-même l'inanité des charges pesant sur Dreyfus. Il a alerté ses supérieurs. Ceux-ci l'ont muté en Tunisie. Alors ses avocats ont transmis à la famille Dreyfus la vérité sur le dossier. Mais l'opinion, qu'un patriotisme ombrageux domine, ne bouge pas.

À force d'arguments, les partisans de Dreyfus reçoivent deux renforts décisifs, ceux de Georges Clemenceau et d'Émile Zola. Cette fois nous parvenons au cœur du petit groupe qui nous intéresse depuis de début de notre itinéraire. Certes, les deux hommes sont de moyenne extraction. Le premier est un médecin des pauvres de Montmartre qui s'est fait lui-même, orateur coupant et homme politique d'une redoutable énergie. Le second, ancien employé et chef de publicité chez Hachette, doit son succès à sa plume généreuse et ardente, si apte à détailler les noirceurs du cœur humain dans la société du Second Empire.

Mais les deux hommes se sont élevés. Clemenceau est mondain, ami des peintres, américanophile, député iconoclaste et journaliste. Républicain impétueux, il dirige le parti radical qui veut assurer la pérennité du régime grâce à des réformes fondamentales, radicales. Sa foi républicaine ne l'empêche pas de vivre en aristocrate. Il monte à cheval, fréquente les baronnes, tire au pistolet et manie l'épée en prévision des duels que son esprit féroce ne manque pas de susciter. Il habite avenue Montaigne un appartement richement meublé, au milieu des tapisseries, des tableaux de maître et des antiquités. Il court de femme en discours, des boudoirs à la Chambre, quittant une cause pour une idylle, une tribune pour un sofa. Clemenceau est un dandy tricolore... Il est intime avec Léonide Leblanc, actrice de mœurs légères qui est aussi la maîtresse du duc d'Aumale. Comme elle se fatigue parfois de la fougue du député, elle a fait confectionner un mannequin de cire à l'effigie du duc qu'elle place dans son salon quand elle veut écarter l'assidu. Voyant à distance la silhouette de son auguste rival, dit-on, le « Tigre » doit s'esquiver la queue basse au soulagement de la dame. Clemenceau fréquente aussi le salon d'Aline Ménard-Dorian dont le mari est un magnat de l'armement et qui donne des fêtes magnifiques dans son hôtel de la rue de la Faisanderie. Le tombeur de dames et de ministères y lance ses « fusées mortelles », des mots d'esprit destructeurs qui grossissent régulièrement l'armée de ses ennemis.

Ceux-ci croient tenir leur revanche quand éclate l'affaire de Panamá. Les flots d'argent qui ont baigné le lancement du canal entre l'Atlantique et le Pacifique éclaboussent Clemenceau qui entretient des relations étroites avec plusieurs protagonistes du scandale. Comme il est munificent et endetté, on a vite fait de le soupçonner de compter parmi les « chéquards » corrompus par ceux qui gravitent autour de Ferdinand de Lesseps. Mais rien n'est prouvé et Clemenceau échappe de peu à l'opprobre. Il peut poursuivre la carrière mondaine et politique qui va le mener au plus haut dans la République.

Tel est le principal défenseur de Dreyfus dans le monde politique. Dans celui des lettres, le capitaine trouve un partisan tout aussi « bourgeois de gauche ». Fils d'un ingénieur vénitien qui a lancé un projet de canal à Aix-en-Provence, orphelin de père à sept ans, Émile Zola vient d'une bourgeoisie déchue. La mort de son père a jeté la petite famille dans la misère. Il est boursier à Aix dans une ville rigide et conservatrice où les fils de famille fortunée font vite sentir leur supériorité sociale à un jeune homme sans le sou. Heureusement, Zola se passionne pour la littérature romantique et les paysages provençaux en compagnie de ses amis d'enfance parmi lesquels Paul Cézanne. Les deux adolescents sont des marginaux dans la bourgeoisie aixoise, le père de Cézanne est un nouveau riche qui vient juste d'officialiser son union avec une de ses ouvrières. Deux talents naissants réprouvés par la société : la rébellion de Zola trouve certainement là son origine lointaine. Peut-être aussi dans sa formation. Heurté par le conformisme littéraire des études qu'on lui impose, Zola choisit une voie scientifique. La fréquentation du savoir positif jouera aussi son rôle. C'est en scientifique qu'il écrira les Rougon-Macquart, famille dont chaque membre représente un type psychologique et pathologique un peu à la manière d'une nomenclature médicale. C'est en logicien qu'il comprend l'innocence de Dreyfus ; « J'accuse » repose, la passion en plus, sur une démonstration mathématique implacable.

À Paris il mène la vie de bohème, se mélange aux impressionnistes et aux opposants de l'Empire avant d'entrer à la librairie Hachette où il devient... publicitaire, métier dont il gardera un sens aigu de la vente et de l'opinion. Il écrit déjà mais prend surtout parti dans la querelle picturale qui agite les peintres du Second Empire. En 1863, il a visité avec son ami Cézanne le Salon des refusés concédé par Napoléon III aux tendances nouvelles. Pendant de longues années, désormais, Zola ferraillera pour le renouveau de la peinture, soutenant les réalistes comme Courbet, les paysagistes comme Millet ou les actualistes comme Renoir ou

Monet (on ne dit pas encore impressionnistes). Comme souvent dans cette partie de la gauche caviar, sa lutte, avant d'être politique, est esthétique. Zola de gauche ? D'une gauche picturale et littéraire...

Thérèse Raquin, premier grand roman, fait scandale par son réalisme. La critique se déchaîne contre Zola qui gagne la notoriété grâce au scandale, première d'une longue série de batailles jusqu'à l'Affaire... Zola conçoit ensuite les Rougon-Macquart en lisant une année entière des traités de médecine et de physiologie. La grande œuvre est prête. La publication du cycle commence sans succès au milieu des convulsions de la fin de l'Empire, jusqu'à la sortie de *L'Assommoir*, qui assure sa gloire et son début de fortune. La critique se déchaîne mais le succès populaire est immense. En un an, Zola est promu chef d'école – le naturalisme avec Huysmans ou Maupassant –, et auteur parisien et mondain convié aux dimanches de Flaubert avec les Goncourt, Tourgueniev ou les Daudet. Il achète la propriété de Médan et s'installe 23, rue de Boulogne dans un grand appartement cossu qu'il emplit d'un capharnaüm de meubles, de sculptures et de tableaux mêlant tous les styles et toutes les époques. Il est un personnage de Paris, vedette des dîners et des expositions, organisant la sortie des Rougon-Macquart avec des méthodes de promotion inédites, proches du marketing contemporain. La publication de *Nana* est précédée d'une campagne de « teasing » astucieuse et massive à base d'articles rédigés à la manière de bandes-annonces et de milliers d'hommes-sandwichs qui sillonnent Paris en criant « Lisez *Nana* ! ». Il continue de batailler pour ses amis impressionnistes, devenant l'avocat et le héraut des Degas, Monet, Pissarro ou Cézanne.

Depuis *L'Assommoir*, il se mêle sans cesse à toutes les couches de la société pour préparer ses romans, regroupant ses enquêtes dans les fascinants carnets publiés dans les années 1870. Pour *Germinal* il se fait militant mais, selon la caractéristique permanente de la « gauche caviar », il prêche la réforme et non la révolution. Revenu d'Anzin où il a observé la grève des mineurs, il veut décrire « le soulèvement des salariés, le coup d'épaule donné à la société qui craque un instant, en un mot la lutte du Capital et du Travail ». Le lecteur bourgeois doit avoir « un frisson de terreur » devant l'émeute que la faim et la misère déclenchent chez les ouvriers : hâtez-vous d'être juste, dit-il, sinon voilà ce qui vous attend... La réforme pour prévenir la révolution.

Dénonçant la misère, il est de plus en plus riche. À Médan il a fait construire deux tours supplémentaires. Dans la tour carrée, au deuxième étage, il travaille dans une immense pièce encombrée de bibelots japonais et chinois et d'un bric-à-brac moyenâgeux, dotée d'une grande cheminée et de poutres fleurdelisées. Dans l'autre tour un salon-billard tout aussi spacieux rivalise de luxe un peu chargé, avec de grands vitraux, des tentures et des boiseries ouvragées. La propriété comprend un chalet baptisé du nom de son éditeur, un parc planté d'arbres, une ferme, un potager et un lac d'où émerge une petite île où l'on se rend en barque. Avec sa lingère de vingt ans, Jeanne Rozerot, Zola entretient une passion brûlante. Il l'installe dans un appartement rue Saint-Lazare sans quitter le sien et deux enfants naissent de cette liaison clandestine bien organisée. Zola mène une double vie d'écrivain riche et adulé partagé entre deux foyers. C'est cet homme de l'establishment littéraire, au sommet de la gloire et de la fortune, qui va tout risquer pour défendre un petit capitaine juif accusé à tort de trahison. Le modèle Voltaire...

Le mot de Guesde, décidément, touche juste. Le champ de bataille de l'Affaire, en premier lieu, ce ne sont pas le Parlement, le Tribunal et encore moins l'usine ou le village. C'est Paris. Autrement dit, les salons, les revues, les hôtels particuliers où l'on dîne, l'Académie, les journaux, les chaires, les cafés à la mode, le Bois et les loges de l'Opéra. Avant le pays, l'establishment se déchire ; un schisme au sommet avant la division d'une nation. À une droite catholique, propriétaire, académicienne, réactionnaire, s'oppose une gauche lettrée, titrée, chamarrée et souvent fortunée, une gauche de l'élite. Décisive pour l'histoire politique, l'Affaire a de multiples facettes. La moindre n'est pas qu'elle a engendré cette figure nouvelle sur la scène française, avatar à un siècle de distance des philosophes du XVIIIe siècle : l'Intellectuel. N'entendons pas ici l'opposé du manuel, mais plutôt ce personnage particulier, révéré dans le monde du savoir, qui sort de son domaine pour occuper l'arène politique. L'intellectuel conquiert sa notoriété dans le champ académique, à l'université ou dans la république des lettres puis la met au service d'une cause qu'il juge essentielle. Ainsi Voltaire. Ainsi Zola, Anatole France ou plus tard Gide, Sartre, Camus et bien d'autres. On dit l'intellectuel forcément « de gauche ». C'est tout à fait faux : pendant la première moitié du XXe siècle, il y eut des intellectuels engagés des deux bords et souvent la droite recrutait des plumes aussi brillantes que la gauche. Face à ceux qu'on vient de citer, les Barrès, Maurras, Daudet, Claudel, Bainville, Drieu ou Brasillach pesaient leur poids. Seul le déshonneur de la Collaboration va faire pencher la balance – pour longtemps il est vrai – de l'autre côté. Mais enfin, c'est là notre remarque principale, l'Affaire projette au premier plan cet avatar important de la future gauche caviar, l'intellectuel de gauche, objet de tant de jalousie, d'ironie et parfois de haine. Avec l'affaire Dreyfus, victoire décisive de l'intelligence progressiste, l'intello de gauche, cet officier fringant de l'armée des lettres, trouve son pont d'Arcole. On le rencontrera désormais dans toutes les batailles.

Là encore, le jeu des causalités se complique jusqu'au vertige. Pourquoi les uns vont-ils d'un côté et les autres de l'autre ? La sociologie est muette : certes Zola a été humilié dans sa jeunesse, il est opposant à Napoléon III, il a demandé l'amnistie pour les communards et il connaît intimement la misère du peuple. Mais il est au faîte de la réussite, absorbé dans son œuvre immense, révéré dans Paris. Traîné devant le tribunal, il doit s'exiler sous menace de prison, son mobilier est vendu aux enchères, ses décorations annulées et il se séparera, hormis quelques visites, de Jeanne Rozerot, de sa double famille. Proscrit à soixante ans, il vivra des années solitaire à Londres ou Bruxelles. La révision lui permet de revenir en gloire. Mais il meurt peu après asphyxié dans sa chambre par la fumée de sa cheminée. Il a sans doute payé son engagement de sa vie : bien plus tard, un antidreyfusard avoue qu'il a lui-même bouché sur le toit le conduit d'évacuation. Il fallait, disait-on dans ces milieux, enfumer les dreyfusards comme des rats...

Allez donc démêler dans l'imbroglio de l'Affaire le jeu des causalités sociales. Gauche contre droite et donc peuple contre élite ? Allons ! Rien n'est plus aristocratique que les salons dreyfusards et plus « peuple » que la Ligue antisémite de Guérin. Alors la psychologie ? Le tempérament rebelle de Clemenceau ? Barrès ou Déroulède ne sont pas des conformistes. La religion ou l'origine ethnique ? Zola est à moitié italien. Beaucoup d'amis de Dreyfus sont juifs, bien sûr, ou alsaciens parfois. Mais on trouvera chez les antidreyfusards des Français de fraîche date et tout aussi enragés que les autres. Quant aux juifs, le cas est paradoxal. Au départ, quand on croit Dreyfus coupable, les juifs ne sont pas les derniers à approuver une condamnation sévère. Les Français juifs se sentent avant tout français. Leur hantise, c'est qu'on puisse douter de leur loyauté pour les mettre à l'écart de la nation, dont ils sont partie intégrante et qui leur a donné, parmi les premières dans le monde, l'égalité. Dreyfus est un traître ? Il doit payer. Et s'il est juif, il le doit d'autant plus qu'il pourrait compromettre ses coreligionnaires. Ainsi Mme Swann, mère du héros de Proust, que le Narrateur décrit hantée par l'idée que l'Affaire pourrait nuire à son fils et qui s'inscrit, préventivement, dans une ligue antidreyfusarde alors qu'elle est juive. Beaucoup, l'innocence affleurant, ne s'engageront aux côtés du capitaine qu'avec la plus grande prudence. C'est l'atroce antisémitisme des antidreyfusards qui va les faire basculer. Comme on sait, l'identité juive tient moins à la religion qu'à la persécution. On se sent plus juif quand les autres vous le reprochent.

Deux exemples illustrent cette absence de thèse qui confond tous les déterminismes. Un acteur essentiel, d'abord, le colonel Picquart. Avec Zola qui risqua sa vie, il est peut-être le vrai héros de l'Affaire. Saint-cyrien, officier colonial, tenant par tous ses pores à la caste militaire, solidaire, fermée, intransigeante, Picquart agit à rebours de ses origines. Chef de la sûreté, il a vu le dossier, il sait que la condamnation est une ignominie. Il brave tous les interdits, tous les préjugés, toutes les raisons supérieures et demande qu'on innocente Dreyfus. On commence par le limoger et par l'envoyer dans un poste obscur loin de Paris, au fin fond de la Tunisie. Puis en 1898 il est réformé et doit quitter l'armée. Pourquoi a-t-il ainsi tout risqué et tout perdu, alors qu'aucune attache ne l'y prédisposait, qu'il ne connaissait pas Dreyfus et qu'il bravait l'indignation et bientôt la haine de ses pairs et de ses supérieurs ? Pourquoi sinon par simple souci de justice ? Picquart fait un choix personnel, étranger à toute considération biographique, politique, psychologique. Il est libre et sa liberté le conduit à la justice. Admirable fermeté éthique et courage d'autant plus insigne qu'il est solitaire. L'innocence une fois reconnue, Picquart sera réintégré, nommé général et promu ministre de la Guerre dans un ministère... Clemenceau. Les belles histoires sont parfois morales.

Un acteur secondaire ensuite, mais combien impressionnant : Marcel Proust. On se gardera d'enfermer un génie littéraire dans l'étroite catégorie qui nous occupe. Pourtant Proust, parmi les innombrables aspects de sa subtile personnalité, était bien un membre intermittent mais éclatant de la gauche caviar. Son biographe Jean-Yves Tadié[1] débrouille brillamment l'écheveau de son engagement dreyfusard. Un jour d'août 1897, à Trouville, Joseph Reinach, ami intime d'un ami de Proust, Émile Straus, et de son

---

1. Jean-Yves Tadié, *Marcel Proust*, Paris, NRF-Gallimard « Biographies », 1996.

épouse, apprend au couple que Dreyfus est innocent. En octobre, Mme Straus réunit son salon et laisse parler Reinach. Ses révélations entraînent un schisme dans le petit groupe mondain où l'on trouve Degas, Jules Lemaître, Debussy ou Detaille. Proust est l'ami des Straus : ainsi entre-t-il dans la tourmente. Lui-même se désignera comme le « premier des dreyfusards » et c'est vrai qu'il recueillera dès décembre 1898 la signature d'Anatole France en faveur de Zola. Dans une lettre à Mlle Bartholoni citée par Tadié, il ne cache rien de sa flamme dreyfusarde tout en s'excusant sur un ton badin du sérieux de la cause (la gauche caviar affecte souvent cette légèreté de façade) : « Il n'y a pas eu de grands événements ou plutôt il y en a et pas les mêmes selon les gens. Pour les uns, c'est que M. et Mme Aimery de La Rochefoucauld ont été placés deux fois de suite après les Wagram [...]. Pour les autres, dont je suis, les événements sont plutôt ceux dont vos journaux réactionnaires vous apportent chaque jour la venimeuse déformation quand ils ne les passent pas sous silence. Comme si les défenseurs de l'autel n'auraient pas dû avant tous les autres être les apôtres de la vérité, de la pitié et de la justice. Vous reconnaissez là les sophismes idéologiques du dreyfusard incoercible et verbeux. »

Proust fréquente depuis longtemps des cercles qui vont choisir le dreyfusisme. Sa propre famille penche de ce côté, son frère Robert, sa mère, son cousin, mais pas son père qui cessera de voir ses fils. « Ils en ont parlé... » Mais ce n'est pas en fils de Jeanne Weil, nièce de Crémieux, qu'il réagit. On a vu que les juifs devant l'Affaire sont circonspects. Ses anciens camarades de Condorcet, Daniel Halévy, Léon Blum, Robert de Flers, Gaston de Caillavet... La revue où il a débuté, *Le Banquet*, qui fusionnera avec *La Revue blanche*, a pris le même parti. Ses membres publieront un vibrant hommage à Zola. Proust sera même présenté au colonel Picquart. Affinités intellectuelles donc, mais pas seulement. Le dreyfusisme n'a pas vraiment de patrie intellectuelle ou sociale. Les Noailles, descendant de celui-là même qui proposa l'abolition des privilèges en 1789, militent aussi pour le capitaine. Proust faisait partie de ces groupes littéraires et mondains qui allaient choisir la République et la Justice contre l'Église et l'Armée. C'est un début d'explication.

L'écrivain lui-même n'a rien à gagner dans la bataille. Il se brouille avec son père et met en péril l'ascension qu'il projette jusque dans les sommets de l'aristocratie française. Il a, pour ainsi dire, choisi le côté de chez Swann contre celui de Guermantes. Il aurait pu faire le contraire... Blum écrit à ce propos des phrases bien peu déterministes, lui qui sera pourtant imprégné de marxisme : « La plus fallacieuse des opérations de l'esprit est de calculer d'avance la réaction d'un homme ou d'une femme vis-à-vis d'une épreuve réellement imprévue [...]. Toute épreuve est nouvelle et toute épreuve trouve un homme nouveau. »

Dans *Le Côté de Guermantes*, justement, ajoute Tadié, on trouve tout de même une clé. Comme Blum le dit, Proust met en scène des personnages qui n'obéissent pas au déterminisme du milieu, qui ne font pas ce qu'on attend d'eux. Ainsi Saint-Loup, jeune aristocrate qui doit être présenté au Jockey-Club, est bizarrement dreyfusard. Le duc de Guermantes en est abasourdi. « Ah ! diable ! dit-il. À propos, saviez-vous qui est particulièrement enragé de

Dreyfus ? Je vous le donne en mille. Mon neveu Robert ! Je vous dirai même qu'au Jockey, quand on a appris ces prouesses, cela a été une levée de boucliers, un véritable tollé. Comme on le présente dans huit jours... » Et le duc d'ajouter : « Personnellement, vous savez que je n'ai aucun préjugé de races, je trouve que ce n'est pas de notre époque et j'ai la prétention de marcher avec mon temps, mais enfin, que diable ! quand on s'appelle le marquis de Saint-Loup, on n'est pas dreyfusard, que voulez-vous que je vous dise ! » La duchesse de Guermantes, elle, trouve le cas plutôt plaisant. « C'est surtout comique, étant donné les idées de sa mère qui nous rase avec la Patrie française du matin au soir. » Comme il faut expliquer l'inexplicable faute de goût de Saint-Loup, le duc y va de sa théorie. « Oui, mais il n'y a pas que sa mère, il ne faut pas nous raconter de craques. Il y a une donzelle, une cascadeuse de la pire espèce, qui a plus d'influence sur lui et qui est précisément compatriote du sieur Dreyfus. » Saint-Loup avec une juive : voilà qui éclaire tout... Le duc aime d'ailleurs bien ces explications d'alcôve. Pour lui, si l'on ne présente pas les preuves de la culpabilité de Dreyfus, c'est que le capitaine est l'amant de la femme du ministre de la Guerre...

La duchesse, dont les idées politiques ne sont guère assurées, s'inquiète pour l'essentiel : son rang ; l'antidreyfusisme, lui aussi, est mixte sur le plan social. Plutôt antidreyfusarde, l'aristocratie patriote doit, dans cette croisade, se mêler à d'autres couches de la société. Fâcheux mélange que la duchesse déplore. « Je trouve insupportable que, sous prétexte qu'elles sont bien-pensantes, qu'elles n'achètent rien aux marchands juifs ou qu'elles ont "Mort aux Juifs" écrit sur leur ombrelle, une quantité de dames Durand ou Dubois, que nous n'aurions jamais connues, nous soient imposées par Marie-Aynard ou Victurnienne. Je suis allée chez Marie-Aynard avant-hier. C'était charmant autrefois. Maintenant on y trouve toutes les personnes qu'on a passé sa vie à éviter, sous prétexte qu'elles sont contre Dreyfus, et d'autres dont on n'a pas idée qui c'est. » Inconvénients du militantisme... L'Affaire transcende si bien les classes sociales que le Narrateur, rentrant chez lui, a son attention attirée par des éclats de voix. « C'était une dispute entre notre maître d'hôtel, qui était dreyfusard, et celui des Guermantes, qui était antidreyfusard. Les vérités et contre-vérités qui s'opposaient en haut chez les intellectuels de la Ligue de la patrie française et celle des droits de l'homme se propageaient en effet jusque dans les profondeurs du peuple. »

Le personnage de Bloch, dreyfusard éloquent fréquentant les mêmes cercles que les Guermantes, devient alors le porte-parole de Proust plus que le Narrateur. Indice utile... Et parlant de Reinach, protagoniste juif de l'Affaire, Proust écrit que « ce rationaliste manœuvreur de foules était peut-être lui-même manœuvré par son ascendance ». L'ascendance de Proust, sa mère Jeanne Weil... Seraient-ce les clés de son dreyfusisme ? On l'a dit, l'antisémitisme des adversaires de Dreyfus a créé en grande partie la solidarité des juifs avec le capitaine. Celle-ci se réveille chez Proust qui ne l'éprouvait guère jusque-là. Mais, une fois la chose dite, Tadié se garde de conclure. Au contraire, il juge finalement, loin de ces causalités communautaires, que sans doute le Narrateur a retrouvé dans l'Affaire « la sympathie que le petit garçon de Combray éprouve pour la fille de cuisine martyrisée par Françoise, ou pour la grand-mère par sa famille ». Toujours ce besoin élémentaire de justice qui défie les normes sociales. À la recherche de la compassion perdue...

6

Pourquoi choisit-on une cause et non l'autre ? Une opinion plutôt que son contraire ? À cause de son milieu, dit-on souvent. Si l'ordre social vous favorise, vous l'acceptez. Sinon vous le rejetez. Le bourgeois jouit de l'état des choses et l'ouvrier veut le bouleverser.

On vient de le voir avec l'affaire Dreyfus : serait-ce si simple ? Depuis le début de notre promenade, nous n'avons vu que des contre-exemples : des oppresseurs qui embrassent la cause des opprimés, des nobles celle des roturiers, des bourgeois celle des prolétaires. C'est toute l'idée de ce livre : il y a une gauche qui ne vient pas du monde des défavorisés, qui vit aux côtés des riches et des puissants mais qui joue un rôle subversif dans le mouvement de l'Histoire.

Aussi bien dans les classes pauvres on ne se révolte pas si souvent contre l'injustice. Les révoltes d'esclaves n'étaient pas rares dans l'Antiquité : la condition serve était brutalement inhumaine ; la rébellion de Spartacus ne fut que la plus spectaculaire d'une longue série d'explosions qui faisaient trembler Rome ; les esclaves n'avaient rien à perdre. Mais, sous la féodalité, longtemps le paysan, métayer ou serf, respecta son seigneur et accepta l'ordre établi. Le bourgeois gentilhomme de Molière voulait gravir l'échelle sociale et non l'abattre. L'artisan se faisait à la hiérarchie qui le défavorisait et le domestique louait son maître. Il faut attendre le siècle des Lumières pour que cette inégalité devienne insupportable : c'est l'Idée qui a modifié la situation concrète aux yeux de ceux qui la vivent et non la situation sociale qui a produit l'Idée. Il faut se faire à la constatation que le monde des idées vit de manière autonome et influe de lui-même sur la réalité sociale. Si une statistique pouvait être dressée, on s'apercevrait sans doute que, dans beaucoup de sociétés, la proportion de ceux qui en contestent la structure n'est pas beaucoup plus grande parmi les défavorisés que parmi les favorisés. Peut-être parce que l'on ne prend conscience de l'injustice que par le contact avec certaines idées. Parce que le mouvement autonome de la science et de la philosophie compte plus que le jeu mystérieux de l'économie. Peut-être aussi parce que le désir de justice est également réparti dans le cœur des hommes, quelle que soit leur condition...

Alors pourquoi entre-t-on en dissidence ? Il faudrait une conception révisée, une nouvelle théorie, qui ne soit pas platement dérivée de la vieille mécanique de la lutte des classes. Question de hasard ? Sans doute. Mais surtout d'écart à la norme, qui n'est pas seulement sociale. L'un cesse de croire à la religion, l'autre à la morale, le troisième à ses parents : il fait défection, il sort des sentiers tracés. Trop marxisante, la sociologie peine à rendre compte de ces phénomènes. Alors proposons une hypothèse supplémentaire : la révolte, dans certains cas, est d'abord sexuelle. Si la société réprime telle ou telle orientation sexuelle, elle transforme ses adeptes humiliés en révoltés et la révolte se répand. On sait que mai 68 a commencé par une rébellion sexuelle : filles et garçons voulaient se retrouver librement dans les cités universitaires. Une morale trop étroite a entraîné un rejet de toutes les normes sociales, pas seulement de la norme sexuelle. Ce facteur-là, si souvent négligé, connaît une faveur nouvelle avec le développement des *gender studies*, qui visent à réinterpréter certains phénomènes sociaux ou culturels à la lumière du facteur sexuel, par exemple de l'homosexualité ou du machisme.

Il s'agit d'une piste féconde. Les élites dissidentes, dans certaines sociétés, sont motivées par le sexe. La gauche bourgeoise ou aristocratique – notre sujet – est souvent une gauche sensuelle qu'on empêche de l'être. La liberté des mœurs qu'elle revendique la conduit souvent à la liberté tout court. Et l'égalité des genres, qu'elle réclame, à l'égalité des conditions. On en trouve la parfaite illustration dans la vie d'un des plus célèbres représentants de notre gauche caviar : John Maynard Keynes, l'homme qui révolutionna l'économie politique et fit plus pour la classe ouvrière que tous les Lénine de la Terre.

Né en 1883 dans un ménage d'universitaires de Cambridge, Maynard, comme on l'appela longtemps, reçut la meilleure éducation dans une agréable maison de la campagne anglaise. Son père, homme pacifique et doux, était un peu effacé quoique d'une grande intelligence. Sa mère, au contraire, grande femme énergique, se dépensait toute la sainte journée dans l'action humanitaire, parcourant la contrée sur son vélo pour visiter ses bonnes œuvres. Le jeune Maynard ressentit très tôt une impérieuse attirance pour le même sexe. À Eton, au milieu de cette atmosphère de camaraderie masculine propre aux collèges britanniques, il put développer des relations réprouvées par son époque mais probablement tolérées en raison d'une discrète tradition. La société victorienne admettait au sein des classes dirigeantes une certaine dose d'excentricité et il est vraisemblable que l'homosexualité en faisait partie, même si, à ce moment, Oscar Wilde allait subir, pour les mêmes penchants, un véritable martyre judiciaire. Au sein des enceintes du savoir, la liberté du corps allait de pair, semble-t-il, avec celle de l'esprit. Maynard se sentit ainsi, dans une Angleterre puritaine à souhait, un homme à part, détenteur d'un secret d'autant plus étrange qu'il était parfois, et tout autant, attiré par des jeunes femmes. Keynes, en fait, était bisexuel, c'est-à-dire doublement hétérodoxe dans son époque !

Pour son biographe Charles Hession, le jeune Keynes tira de cette particularité sexuelle l'esprit critique qui le caractérisa dès son jeune âge. Il apprenait, en mathématiques, en histoire ou en littérature, plus vite que la plupart de ses condisciples. Mais le bon élève était aussi un élève original, rapide à juger ses professeurs et à rejeter les idées reçues. Ce mélange d'anticonformisme et d'élitisme décida de sa vie. Il parcourut avec aisance le chemin escarpé qui mène à l'establishment anglais, jusqu'au sommet du gouvernement, de la diplomatie et de l'Université. Mais il en fut, en même temps, le critique impitoyable et le réformateur acharné. Procureur des politiques conservatrices, Keynes fut un joyau de la classe dirigeante mais aussi son ennemi de l'intérieur. L'essence même de la gauche caviar. Comme l'écrit Hession : « Comment un élitiste tel que lui, ce précieux produit de la upper-middle class, cet aristocrate d'Eton et de Cambridge, pouvait-il se montrer si critique envers l'establishment ? Cela paraît défier l'analyse marxiste de la structure des classes sociales et de la conscience de classe. Mais cette perspective négligerait le fait que Keynes, en tant qu'homosexuel, était un outsider ; ou plutôt, si l'on considère le fait qu'il avait accès aux détenteurs du pouvoir, c'était un outsider de l'intérieur. » « An outsider from the inside » : c'est exactement la définition de notre gauche élitiste.

Keynes est admis au King's College à Cambridge et choisit comme spécialité l'économie, qui lui permet d'allier ses dons mathématiques à sa grande connaissance de l'histoire et de la politique. Passant un examen, il écrit le lendemain à sa mère qu'il en sait bien plus que ses professeurs. Il maîtrise parfaitement les canons de l'économie classique, néolibérale, tels que les enseigne son maître Alfred Marshall. Mais il en voit vite les rigidités et développe en matière monétaire et financière, la partie la plus abstraite de la discipline, des vues parfaitement dissidentes. En même temps, il est admis dans un cercle on ne peut plus anglais, la Société des apôtres, aussi nommée Cambridge Conversazione Society, qui se réunit le samedi soir à huis clos pour commenter des textes littéraires et manger des sandwiches aux anchois. Fondée à Trinity College, la société compte douze membres renouvelés par cooptation (les apôtres) parmi lesquels au trouve au fil des générations plusieurs premiers ministres. De filiation platonicienne, la société se caractérisait par un mélange d'excentricité, de tolérance intellectuelle et d'arrogance. Ceux qui n'en étaient pas membres étaient appelés des « phénomènes » et l'une de ses devises était : « Le monde est une vaste pensée et je le pense. » Sa hiérarchie s'élevait des « embryons » (les membres pressentis) aux « anges » (les anciens). Grand ami de Keynes, Lytton Strachey, autre homosexuel érudit qui deviendrait un grand écrivain et biographe, avait découvert dans les archives de la société une longue tradition de « haute sodomie » et remit ces usages en vigueur comme une nouveauté intellectuelle sulfureuse. L'homosexualité était fréquente, dans ce cercle de l'intelligence, comme un rite secret et de snobisme ultime.

À Londres, Keynes fréquente un autre cercle d'amis appelé, lui, à une renommée mondiale. Il est proche de deux sœurs belles et intellectuelles, quelque peu dépressives et diablement talentueuses, Vanessa et Virginia Stephen. Avec Lytton Strachey, Leonard Woolf, le critique Gordon Fry, le peintre postimpressionniste Duncan Grant ou l'écrivain E. M. Forster, il prend l'habitude de se réunir une fois par semaine pour discuter librement des affaires publiques, de la littérature, de l'art et de l'amour, que tous ne conçoivent que libre et plein d'imprévus. Keynes entretient une longue liaison avec Duncan Grant que courtisait vainement Lytton Strachey, les sœurs Stephen sont bisexuelles et se marient, Vanessa avec le critique Clive Bell et Virginia avec Leonard Woolf, devenant ainsi Virginia Woolf, celle qui allait bouleverser le roman anglais et laisser dans l'histoire de la vie intellectuelle une trace aussi profonde qu'émouvante. Les deux sœurs habitent au 46 Gordon Square une maison qu'elles céderont ensuite à Keynes qui y passera toute sa vie, située au cœur du quartier chic de Bloomsbury.

Le « groupe de Bloomsbury » restera ainsi dans les mémoires comme une société brillante, qui vaut par l'extraordinaire talent de ses membres mais aussi par une forme d'esprit hostile à l'establishment, dont ils sont néanmoins partie intégrante, une morale personnelle très libre, une volonté de renouveler les formes artistiques et une orientation politique favorable à la réforme sociale et aux classes pauvres. Tous sont impressionnés par la philosophie éthique, à la fois morale sur le plan social et hédoniste sur le plan intime, de George Edward Moore, jeune philosophe de Cambridge. Ils rejettent à la fois l'utilitarisme de Jeremy Bentham et la morale victorienne pesante et héroïque qui anime la classe dirigeante britannique. Un club exclusif et chic à l'aura unique, réplique anglaise des salons français du XVIIIe siècle, conservatoire lui aussi avant la lettre de la gauche caviar la plus pure.

Les uns vont renouveler la peinture, les autres la littérature, d'autres encore l'histoire ou l'art de la biographie. Pour Keynes, ce sera l'économie. Il est d'abord fonctionnaire au Bureau indien et propose une réforme monétaire de la colonie qui le fait remarquer. Pendant la Première Guerre, il est universitaire et conseiller du gouvernement, dispensant des avis pleins de hauteur et de pragmatisme à la fois sur le financement du conflit ou sur l'organisation du ravitaillement. Il participe aussi aux négociations avec les États-Unis, un exercice qu'il renouvellera plusieurs fois tout au long de sa carrière. La célébrité vient avec un opuscule brillant et prémonitoire appelé *Les Conséquences économiques de la paix*. Keynes a participé comme conseiller de la délégation britannique aux délibérations qui ont conduit à la signature du traité de Versailles. Imprégné par Clemenceau et Lloyd George d'un esprit de revanche sur l'Allemagne, le traité prévoit un abaissement géopolitique de l'ancien ennemi et le paiement d'un énorme montant de réparations, conséquence de la condamnation sans appel de l'ancien empire allemand par les Alliés, qui le jugent seul responsable de la guerre. De philosophie libérale (au sens anglo-saxon du terme, c'est-à-dire de centre gauche), attaché à un ordre international fondé sur le droit et la coopération, Keynes fait remarquer que l'Allemagne, à moins d'affamer elle-même sa population, ne pourra pas payer. Ou alors il lui faudra reconstruire une industrie moderne qui lui procurera les ressources nécessaires mais qui restaurera sa puissance et concurrencera les économies des vainqueurs. Dans les deux cas, les réparations auront produit le contraire de l'effet recherché qui est de garantir la paix et la sécurité des vainqueurs. Une Allemagne forte redeviendra menaçante ; une Allemagne misérable sera le théâtre de troubles qui amèneront immanquablement au pouvoir ou bien les communistes ou bien des forces nationalistes et revanchardes. Mieux vaudrait réduire le montant des réparations, soutenir la jeune démocratie allemande et placer l'Europe dans un système de sécurité collective.

On ne pouvait mieux décrire, d'un point de vue progressiste, les effets désastreux que le traité de Versailles allait produire dans cet entre-deux-guerres qui fut le calvaire des démocraties. Keynes devient une célébrité mondiale, objet de détestation chez les conservateurs anglais et les nationalistes français, d'adulation en Allemagne et parmi les « wilsoniens » américains.

Ses avertissements ne sont pas entendus et l'application du traité de Versailles conduit aux désastres qu'il avait prévus. Mais Keynes est déjà passé à d'autres problèmes. En 1925, il stigmatise la décision prise par Winston Churchill de rétablir l'étalon-or à l'ancienne parité, mesure qui asphyxie l'économie britannique et installe le chômage. Il écrit un deuxième essai caustique, intitulé cette fois *Les Conséquences économiques de M. Churchill* et commence à plaider avec toute sa force théorique pour un abandon des dogmes classiques dépassés par l'évolution des économies modernes. En même temps qu'il devient l'oracle économique des forces progressistes, il continue sa vie confortable d'intellectuel mondain. Il dîne en ville tous les soirs et passe un temps considérable avec ses amis du groupe de Bloomsbury qui se partagent entre discussions passionnées, production artistique et intrigues amoureuses. Il entre au conseil d'administration d'une compagnie d'assurances et joue en bourse avec un inégal bonheur. Passionné de danse et de théâtre, il se lie avec la jeune ballerine russe Lydia Lopokova, étoile des ballets Diaghilev. À la grande surprise de ses amis de Bloomsbury, il l'épouse le 4 août 1925. Il vivra heureux avec elle jusqu'à la fin de sa vie.

C'est la question de l'emploi qui mobilise ses plus grands efforts. Hostile aux conservateurs, méfiant envers le travaillisme qu'il estime confit dans ses dogmes, il est proche du parti libéral, situé au centre gauche et bientôt parti charnière dans la vie politique britannique. Il voit dans le chômage de masse qui s'installe dans les grandes démocraties après 1929 une menace mortelle. Aussi il veut à la fois soulager la misère populaire et couper l'herbe sous le pied d'une révolution marxiste dont il n'attend que désastres matériels et humains. Pour les conservateurs qui dominent la vie politique en Grande-Bretagne et aux États-Unis, la crise ne change rien au catéchisme de l'économie traditionnelle. C'est à cause d'un manque de souplesse que les économies développées sont engluées dans la crise. Qu'on laisse mieux jouer les mécanismes du marché, par exemple en ajustant les salaires à la nouvelle situation (c'est-à-dire en les réduisant fortement...), et les entreprises retrouveront des coûts de production favorables en même temps qu'elles seront incitées à embaucher. La prospérité reviendra d'elle-même. Tout le reste est gaspillage et tyrannie étatique.

Avant même la contribution théorique de Keynes, certains gouvernements progressistes avaient enfreint ces règles paralysantes et tenté de relancer l'économie par des mesures volontaristes. Ils étaient aussitôt mis à l'index par les économistes orthodoxes qui voyaient dans ces efforts encore maladroits les prémices d'un socialisme niveleur et étatique, promesse d'oppression et de misère. Jetant toutes ses forces intellectuelles dans la bataille, Keynes le mondain produit alors son maître livre, *La Théorie générale de l'emploi, de l'intérêt et de la monnaie*. C'est une révolution copernicienne. Non, explique-t-il, l'économie ne tend pas nécessairement vers le plein-emploi. La théorie néo-classique de l'équilibre général, telle que la professait Alfred Marshall, n'est qu'un cas particulier exigeant des conditions rarement réunies dans les économies modernes. Il existe d'autres cas où l'équilibre s'établit au-dessous de l'optimum défini par la théorie. C'est la situation qui prévaut depuis le krach de 1929. Un excès d'épargne lié à l'incertitude générale et la baisse du pouvoir d'achat liée au chômage de masse ont réduit production et investissement au-dessous du potentiel des économies développées. Celles-ci sont installées dans la crise et n'en sortiront pas sans une action positive des gouvernements. La passivité préconisée par les conservateurs et la politique de déflation des salaires mise en œuvre depuis 1929 ne font qu'aggraver une situation qui conduira immanquablement à la pauvreté de masse et à la révolte violente des classes défavorisées sacrifiées sur l'autel de dogmes surannés.

Au départ, *La Théorie générale* fait surtout sensation dans les cercles universitaires et dans le monde de la finance. On applaudit ou on conspue, on admire ou on réfute. Mais rares sont les gouvernants suffisamment compétents pour bien saisir les tenants et les aboutissants du raisonnement keynésien. Roosevelt rencontre Keynes qui ne lui fait qu'une impression mitigée. Blum n'a pas lu *La Théorie générale* quand il devient en 1936 le premier président du Conseil socialiste de l'Histoire. Pourtant le ver est dans le fruit. On sait, dans les entourages et dans les administrations, que les dogmes néoclassiques ne sont plus intangibles, qu'une autre conception théorique, aussi solide que l'ancienne science, justifie des politiques nouvelles conformes à la situation exceptionnelle créée par la crise mondiale du capitalisme.

La victoire de Keynes sera essentiellement posthume. Après la Seconde Guerre mondiale, les gouvernements comprennent qu'ils ne peuvent plus abandonner à d'aveugles et incertains mécanismes le devenir de leurs économies. Aucun ne veut courir le risque d'une récession massive comme celle des années 1930, qui a facilité la victoire du nazisme en Allemagne et affaibli les démocraties face à la montée des totalitarismes. Keynes est mort après un dernier coup d'éclat à la conférence de Bretton Woods, quand il propose un système monétaire mondial rationnel propre à assurer une croissance harmonieuse aux économies occidentales. Les États-Unis, qui veulent assurer la suprématie du dollar, rejettent les propositions du grand économiste, et il faudra des décennies avant qu'on en mesure la géniale portée. Mais, pour le reste, à travers le travail de vulgarisation opéré par ses disciples, la politique de Keynes devient la norme occidentale. Adoptant une conception « macroéconomique » de la croissance, autorisés par la théorie keynésienne à intervenir massivement dans la construction d'un État providence et par le maniement du taux d'intérêt et du solde budgétaire, les gouvernements d'après-guerre obtiennent une période de croissance équilibrée longue de plus de trente ans, qu'on a appelée en France les Trente Glorieuses. Ils font par ce moyen progresser la condition ouvrière et paysanne comme jamais dans l'histoire de l'humanité. Le rapport de forces instauré par les syndicats ouvriers et les partis de gauche, l'esprit progressiste qui domine en Europe et aux États-Unis après la victoire contre le nazisme aussi bien que la peur d'une révolution communiste expliquent en partie le cours nouveau adopté par les sociétés capitalistes. Mais la contribution d'un économiste bisexuel et mondain, confortablement installé au cœur de l'establishment britannique, ami des puissants et des artistes, spéculateur à ses heures, époux d'une ballerine russe après avoir été l'amant de quelques étudiants au charme juvénile, a donné aux progressistes du monde occidental les armes intellectuelles nécessaires à cette révolution culturelle et politique. L'effort mené de l'intérieur du système a fait plus pour le sort des plus pauvres que d'innombrables actions militantes ou politiques menées de l'extérieur par ceux qui se targuaient d'être beaucoup plus à gauche que les réformistes keynésiens. Une nouvelle fois, la gauche militante a démontré sa relative impuissance en regard des réformes judicieuses proposées par la gauche élitiste. La gauche caviar s'est rendue plus utile que la gauche pure et dure.

Avec l'inflation des années 1970 et l'usure des médications keynésiennes, la « révolution conservatrice » initiée par Margaret Thatcher et Ronald Reagan a détruit les principes solidaires qui étaient à la base du keynésianisme. La croissance est moins rapide, le chômage de masse affecte le cœur de l'Europe, la mondialisation libérale menace les institutions protectrices mises en place à l'ombre de John Maynard et les inégalités sociales explosent. Keynes nous manque...

7

Deux grandes maisons patriciennes du nord-est des États-Unis. Deux familles de l'élite américaine.

À Hyde Park, au bord de l'Hudson, à une centaine de kilomètres au nord de New York, la famille Roosevelt est réunie autour de la table du déjeuner. À une extrémité préside Sara Roosevelt, l'héritière de la lignée, détentrice d'une fortune en actions et en terres agricoles. Elle est chaleureuse, autoritaire et pleine des préjugés de sa classe sociale. Elle dit du sénateur Huey Long qu'il est « un homme horrible » et que Belle Moskowitz n'est « qu'une grosse juive ». Elle donne ses ordres en français au maître d'hôtel, gâte ses petits-enfants et prononce sur toute chose un jugement définitif. À l'autre bout de la table, son fils Franklin Roosevelt plaisante, s'esclaffe, conte une anecdote, rappelle une ancienne partie de pêche et fait à lui seul la conversation. Sa femme Eleanor est sagement assise au milieu des enfants qui écoutent d'une oreille distraite le maître de maison et se chamaillent discrètement. Après le repas, Roosevelt emmène ses invités pour un tour du propriétaire dans son automobile spécialement aménagée pour recevoir un hémiplégique. Il s'arrête au bord de l'eau, nomme les oiseaux, visite les paysans à qui il parle récoltes et élections. Ainsi celui qui sera l'un des présidents les plus progressistes de l'histoire des États-Unis est d'abord un aristocrate du Nouveau Monde.

À Cape Cod, plus au nord de New York, au bord de l'Atlantique, Joseph Kennedy observe de son grand fauteuil à bascule ses trois aînés disputer une partie de football américain sur la pelouse qui descend en pente douce vers l'océan. La maison tenue d'une main de fer par Rose Kennedy est emplie d'enfants et d'éclats de voix. Joseph qui a fait fortune à Wall Street et, dit-on, dans le trafic d'alcool au temps de la prohibition, passablement réactionnaire mais démocrate depuis toujours parce qu'il est irlandais, a placé tous ses espoirs dans son fils aîné Joe. Celui-là, il le pressent, sera président des États-Unis. Mais Joe sera tué à la guerre. Alors c'est John, le play-boy juvénile, qui portera les ambitions de la famille. Impérieux, opiniâtre, sans scrupule, Joseph Kennedy mettra toute sa fortune et son entregent au service de la carrière de John Kennedy. Avec le résultat que l'on sait.

C'est ainsi : les deux présidents les plus à gauche du XXe siècle américain étaient tous deux nés avec une cuillère d'argent dans la bouche, tous deux fils de famille, tous deux nantis d'une solide fortune et adeptes d'un mode de vie raffiné. Les Roosevelt et les Kennedy faisaient partie de l'élite de la côte est. Néerlandais pour les premiers, Irlandais pour les seconds, ils avaient choisi le Parti démocrate parce que les immigrants vont presque toujours de ce côté-là. Ils avaient vite atteint le point le plus haut de l'échelle sociale. Milliardaires à leur naissance, Franklin et John ont grandi tous deux dans une famille déjà illustre en politique. Theodore Roosevelt, le cousin plus âgé du jeune Franklin, était une légende vivante. Grand chasseur, grand voyageur, soldat impétueux, chef d'un régiment de volontaires, les *Rough Riders*, qui allaient s'illustrer dans la guerre contre l'Espagne, il fut gouverneur de New York puis président des États-Unis. Longtemps les électeurs les moins informés ont pris Franklin pour Theodore ou pour son fils. Il en joua.

Le père du président Kennedy était un milliardaire autoritaire et sans scrupule, financier du Parti démocrate, ami de Roosevelt qui en fit son ambassadeur à Londres à la fin des années 1930. Joseph admirait le IIIe Reich et approuvait la politique d'apaisement aveuglément menée par Neville Chamberlain. Roosevelt le rappela quand il se persuada de la nécessité de l'affrontement avec Hitler. Joseph vit sa carrière s'arrêter et reporta tous ses espoirs sur ses fils. Pour assurer le succès de John, il ne recula devant rien. Pendant la guerre du Pacifique, le jeune Kennedy avait courageusement sauvé plusieurs marins de son petit patrouilleur coupé en deux par un navire japonais. Une habile campagne de presse orchestrée par son père Joseph fit de ce sauvetage mineur une geste héroïque qui lança la carrière de John. Quand celui-ci, au retour d'un voyage en Europe, écrivit un honnête essai sur la politique étrangère britannique, son père fit en sorte que le texte soit publié puis, pour en faire un best-seller, il fit acheter le livre en librairie par des comparses. Débutant en politique, John bénéficia de fonds inépuisables pour financer ses campagnes à la Chambre des représentants puis au Sénat, ainsi que des conseils très professionnels d'une équipe réunie en grande partie par Joseph. On dit même – mais la chose n'est pas prouvée – qu'en 1960 Joseph, usant des liens tissés au moment de la prohibition avec la mafia de Chicago, persuada les principaux parrains de faire voter massivement pour son fils dans les quartiers populaires de Chicago. John Kennedy, on le sait, fut élu avec une marge infime : les dollars et les amis de son père ont joué un rôle décisif. Franklin et John, en un mot, étaient des héritiers.

Ils eurent avec les femmes des relations nombreuses et tumultueuses. L'épouse de Roosevelt, Eleanor, découvrit juste après la Première Guerre que son mari menait de front avec sa carrière politique une liaison passionnée avec sa jeune secrétaire. Un modus vivendi s'établit. Eleanor fit chambre à part mais devint aussi la meilleure conseillère de Franklin, en même temps qu'une idole du Parti démocrate, grâce à sa constance militante, son engagement féministe et son action humanitaire. On ignore ce que Jackie Kennedy savait exactement des innombrables frasques de son mari. John était un don Juan compulsif et expéditif (on l'appelait « four minutes Jack »), peut-être dopé sexuellement par le traitement médicamenteux que lui imposaient d'atroces douleurs de la colonne vertébrale. Pourtant il bénéficia lui aussi de l'aura de sa femme. Jackie s'occupait peu de politique mais son charme, ses tailleurs de gravure de mode et son abord simple et plein de sollicitude en firent l'héroïne de ce qu'on n'appelait pas encore la « presse people ». « Je suis le type qui accompagne Jackie Kennedy », disait souvent le Président en ouverture de ses conférences de presse à l'étranger.

Les deux démocrates les plus en vue du siècle surent tous deux jouer à merveille de leur charisme auprès des médias. Leurs convictions, quoique solides, n'avaient rien d'idéologique. Ils se situaient tous deux au centre du parti et pouvaient changer de position très facilement s'ils en sentaient la nécessité politique. Leur talent de communication, en revanche, fut hors du commun. Franklin Roosevelt inventa les « causeries du coin du feu », ces émissions radiophoniques pendant lesquelles, sur un ton familier inédit jusque-là en politique, il expliquait aux Américains les raisons de ses décisions. Quand il fut désigné par la convention démocrate de 1932, il fit en avion le voyage de New York à Chicago, innovation qui le distingua de la classe politique habituée, comme tous les Américains, aux voyages en train, et lui donna, sans qu'il ait besoin de prononcer un mot en ce sens, une image de modernité et d'énergie. Ses discours longuement mûris étaient souvent des chefs-d'œuvre d'enthousiasme et de simplicité. Au lendemain de Pearl Harbor, une première version de sa déclaration commençait par ces mots : « Hier, le 7 décembre 1941, un jour qui vivra dans les mémoires, l'Empire du Japon a lancé une attaque perfide et délibérée... » Relisant le texte une heure avant de se rendre au Congrès, il ajouta deux mots et le texte devint : « Hier, 7 décembre 1941, un jour qui vivra dans l'ordre de l'infamie, l'Empire du Japon... » L'expression « A day that will live in infamy » désigne depuis l'attaque de Pearl Harbor.

John Kennedy avait un humour destructeur et un charme romantique qui le rendait irrésistible auprès des électrices. On estime parfois qu'il dut son élection à son physique et à son aisance. Sa maîtrise de la télévision, en tout cas, lui permit de l'emporter sur son rival Richard Nixon au cours des trois débats qui rythmèrent la campagne. Le couple qu'il formait avec Jackie, ses jeunes enfants, ses promenades en yacht, son sourire et ses tenues soigneusement décontractées en faisaient un sujet de choix pour les photographes. Il projetait sur la scène politique l'image de la réussite et de l'optimisme dans une Amérique renfrognée par les deux mandats ternes de Dwight Eisenhower. Franklin et John, en un mot, étaient des « phénomènes médiatiques » avant d'être des présidents.

Et pourtant ces deux hommes plus stars que prophètes, plus pragmatiques que missionnaires marquèrent le XXe siècle américain. Leur style, leurs idées, leur esprit, cette volonté de réussite au plus haut de la société alliée à une compassion jamais démentie pour les classes pauvres, qui n'est pas seulement un calcul électoral mais une tradition politique et familiale, ont engendré une lignée d'hommes politiques. Dénoncés à leur tour par les républicains comme des ambitieux sans vraies attaches populaires, membres orgueilleux de la classe dirigeante de la côte est, les Adlaï Stevenson, les Robert Kennedy, les Averell Harriman ou les John Kerry ont tous repris d'une main plus ou moins ferme le flambeau de Franklin et de John. Aux États-Unis la gauche caviar est une longue lignée qui joue un rôle permanent dans l'histoire politique.

Roosevelt gouverna douze ans et transforma les États-Unis. Les années du New Deal, émaillées de réformes décisives, portèrent l'intervention publique à un niveau inédit. Il en sortit les grands travaux, une législation protectrice pour les travailleurs, un État providence pour les chômeurs, les familles et les retraités, une régulation du monde paysan, une fiscalité massivement redistributrice. Le milliardaire Roosevelt porta le taux marginal de l'impôt sur le revenu à 75 %, à l'indignation apoplectique des membres de sa classe sociale. La Seconde Guerre mondiale acheva de transformer la vie de l'« homme oublié », cet Américain du peuple à qui s'adressent les démocrates, grâce à des institutions solidaires et à un esprit civique exalté par le gouvernement. Roosevelt fut le chef inspiré des démocraties en lutte contre le fascisme en même temps qu'il prépara les grandes innovations de l'après-guerre en matière de relations internationales. Ce patricien charmeur et quelque peu cynique fit plus pour les ouvriers et les paysans américains que les leaders prolétariens les plus éprouvés.

Kennedy ne resta que trois ans à la Maison-Blanche avant l'assassinat qui mit fin au « temps de l'innocence » pour l'Amérique. Mais le souvenir de son impulsion et ses premières réalisations en matière de droits civiques, de relance sociale et économique, de lutte contre le crime organisé, reste vivant dans la conscience américaine. Après sa mort, son successeur Lyndon Johnson eut à cœur de tenir les promesses en suspens de la présidence Kennedy. Son programme de réforme sociale, The Great Society, renoua avec l'esprit du New Deal et renforça de manière spectaculaire l'État providence américain. Le fils de milliardaire au physique d'acteur, en dépit de la tragédie qui coupa son élan réformateur, compte plus dans l'histoire de la gauche américaine que la plupart des idéologues ombrageux qui prennent de haut le pragmatisme politique et l'habileté médiatique.

Cette tradition bien ancrée survit aujourd'hui. La gauche caviar, aux États-Unis, est une réalité géographique autant que politique. Les « libéraux », terme qui désigne la gauche socialisante dans la vie politique américaine, sont concentrés dans deux régions : la côte nord-est, de Washington à Boston ; la Californie, de San Francisco à San Diego. Une vieille aristocratie de l'argent et du progressisme à l'est, qui tient ses quartiers d'été sur la rive de l'Atlantique, à Cape Cod ou dans les Hamptons, et ses quartiers d'hiver dans les rues huppées de New York ou de Boston. Une nouvelle bourgeoisie largement liée à Hollywood et aux industries de pointe sur la Côte ouest. John Kerry, milliardaire progressiste et candidat malheureux contre George Bush en 2004, Steven Spielberg, magicien du cinéma hollywoodien et auteur de films exaltant les valeurs d'humanisme et de générosité, symbolisent chacun l'une des branches de cette gauche des élites américaines. Les grandes familles patriciennes de l'Est, liées au monde universitaire, à la finance ou à la presse, sont une composante essentielle de l'establishment démocrate. Adlaï Stevenson, ambassadeur de John Kennedy à l'ONU après avoir brigué sans succès la présidence, Averell Harriman, milliardaire, diplomate qui fut ambassadeur en Europe, la famille Graham, propriétaire du *Washington Post*, sont les archétypes de cette noblesse de l'argent et de l'intelligence si utile aux démocrates. On les retrouve, eux et leurs semblables, dans l'entourage des présidents démocrates. Bill Clinton, gouverneur d'un petit État rural, sut parfaitement s'intégrer à ce monde que sa femme Hillary, future candidate, maîtrise désormais fort bien.

L'intelligentsia hollywoodienne, qui se partage en deux, les républicains pouvant eux aussi revendiquer le soutien d'acteurs et de réalisateurs célèbres, a joué un rôle historique considérable. Elle fut, dans sa partie progressiste, un fervent soutien de Roosevelt et des grandes réformes du New Deal. L'influence communiste exerça ensuite ses maléfices, et de nombreux acteurs et réalisateurs se changèrent, plus ou moins consciemment, en propagandistes de l'URSS, ce qui donna prétexte au sénateur MacCarthy pour engager une « chasse aux sorcières » qui finit par menacer les libertés publiques. Fort heureusement, Hollywood se reprit et se contenta ensuite de soutenir les démocrates, activité plus conforme aux principes de la gauche caviar. John Kennedy fut très lié à ce milieu libéral, à la fois par sympathie idéologique et par l'attachement sentimental qu'il voua à Marilyn Monroe, égérie de la libération sexuelle et, pour partie, du progressisme par son mariage avec Arthur Miller, écrivain phare de la gauche américaine.

Pays de la modernité, les États-Unis aiment les vieilles traditions. Celle du libéralisme des élites est bien vivante. Les universités, les clubs new-yorkais, les restaurants branchés de Los Angeles et les studios de Hollywood la maintiennent. Quel qu'il soit, le prochain candidat démocrate pourra compter sur une escouade de milliardaires de gauche, d'actrices progressistes et de professeurs aux idées généreuses. Dans le long hiver du Parti démocrate, commencé avec la défaite d'Al Gore, la gauche caviar yankee entretient la flamme de l'espoir...

8

La haine fut immuable.

En 1914, Jean Jaurès est assassiné par le jeune nationaliste Raoul Vilain qu'un tribunal complice réussit à acquitter. En février 1936, Blum, dont l'Action française voulait qu'il soit « fusillé dans le dos », est gravement blessé boulevard Saint-Germain sous les coups de canne des Camelots du roi. Emprisonné par Vichy, Mendès fut vilipendé toute sa vie par les nationalistes. Devenu leader de la gauche, Mitterrand fut attaqué avec une violence implacable. Tous les chefs de file de la gauche démocratique ont subi, sinon la violence physique, du moins les outrages convergents de la droite et de l'extrême gauche. Et sur quoi les attaquait-on en premier ? L'argent, pardi !

On l'affirmait dans les dîners bourgeois : Mitterrand possédait un palais à Venise, une immense villa à Gordes et même des milliards en Suisse par le truchement d'un mystérieux banquier dont on donnait le nom en chuchotant. Pierre Mendès France, disait-on, menait la vie de château, fréquentait les baronnes et s'était allié à la haute finance. Dans certains cercles on le présentait comme un simple délégué de l'argent juif. Léon Blum, assurait-on, dînait dans une vaisselle d'or, vivait en nabab et dormait sur des millions. Jaurès lui-même, en dépit de ses origines provinciales et de ses manières paysannes, se vit reprocher sa grande maison du Midi et ses fréquentations parisiennes. Tout cela était faux, calomnieux, diffamatoire, et quand il y avait à la base des ragots quelque fond de vérité – la petite maison de Gordes de Mitterrand, par exemple, ou bien la demeure de Mendès – l'affaire était travestie, amplifiée, défigurée par la rumeur. Les chefs de file du mouvement ouvrier n'étaient pas prolétariens : ils devaient payer doublement leur engagement. On vouait leurs idées aux gémonies et, en prime, on les accusait de ne pas y croire.

C'est un fait néanmoins : ni Jaurès, ni Blum, ni Mendès, ni Mitterrand, n'étaient d'origine ouvrière. Techniquement parlant, selon la définition que nous avons adoptée – une élite bourgeoise ralliée à la gauche – on peut les rattacher à la gauche caviar. Mais plutôt qu'un objet d'ironie ou d'indignation, ce doit être un thème de réflexion. Pourquoi la gauche démocratique fut-elle dirigée, tout au long du XXe siècle, par des bourgeois ?

Le phénomène remonte, en fait, aux débuts du mouvement ouvrier. Dans ces temps d'exploitation impitoyable, il fallait avoir eu, pour écrire, théoriser, argumenter, une formation et du temps. Les ouvriers n'avaient ni l'une ni l'autre. Les typographes, bien sûr, fréquentaient les textes et les auteurs ; l'organisation ouvrière débuta dans leur profession. Ils étaient les seuls. Pour les autres, l'absence d'école obligatoire dès l'enfance et les horaires de travail exténuants, douze heures par jour six jours par semaine, excluaient l'effort autodidacte. Il fallait, pour s'élever dans l'ordre de la parole ou du texte, un don et une énergie hors du commun. D'où la grandeur des premiers syndicalistes. Mais c'étaient des exemples rares. En général, les responsables ouvriers venaient de la bourgeoisie. Il faut le dire : le renfort était bienvenu. La plupart du temps la classe ouvrière se félicitait de ces ralliements qui lui fournissaient des cadres et des porte-parole. Marx lui-même se méfiait de l'ouvriérisme. Quand, lors d'une réunion parisienne, un militant avide de pureté met aux voix une motion qui exige l'exclusion des intellectuels, Marx s'insurge et crie du fond de la salle : « On n'a jamais rien bâti sur l'ignorance ! »

C'est seulement quand le syndicalisme acquerra droit de cité, vers la fin du XIXe siècle, qu'il donnera à ses militants les armes du savoir. Entre-temps les bourgeois révolutionnaires avaient, pour ainsi dire, pris le pouvoir. Marx, Engels, Lassalle, Bakounine ou Rosa Luxemburg, pour citer les plus fameux, venaient des classes aisées. Fils d'une famille juive cultivée, Marx vécut dans la gêne, mais Engels finança longtemps leur entreprise politique commune grâce à l'usine familiale. Lénine lui-même, tout communiste enragé qu'il fut, venait d'une bonne famille de fonctionnaires et c'est par idéalisme que son frère s'engagea et fut pendu par le tsar, suscitant probablement la vocation de révolutionnaire professionnel du jeune Illich. Toujours la force déterminante de l'événement...

Ici s'impose une distinction. Presque toujours issus de milieux cultivés et prospères, les premiers dirigeants socialistes se séparent ensuite en deux catégories. Les uns, lancés dans l'action subversive, prenant le parti de la violence et de la clandestinité, quittent le giron protecteur de la bourgeoisie. On ne peut donc les assimiler à notre gauche élitiste, même s'ils en viennent. Absorbés par la lutte, ils sortent de leur territoire d'origine pour devenir des professionnels de la révolution, ils vivent chichement dans la tension de l'action subversive. En revanche, ceux qui choisissent la voie parlementaire, l'action légale, les tribunes de la république, forment la vraie gauche caviar. Sincèrement engagés aux côtés des ouvriers, passant avec eux une bonne part de leur temps pour discourir, écrire, se mêler aux grèves ou aux manifestations, ils regagnent le soir un domicile bien chauffé et spacieux, en général dans un quartier fort peu prolétarien. Ils gardent leurs attaches personnelles et continuent de fréquenter un milieu intellectuel aisé, des salons brillants et des mondanités forcément huppées. Rien que de très naturel, même si le paradoxe leur vaut toujours la critique.

Normalien, philosophe, parlementaire, journaliste, Jaurès avait un peu de bien et vivait confortablement au centre de Paris. Volubile, chaleureux, fraternel, mal attifé, son gilet toujours taché et sa chemise douteuse, il ne correspond pas au portrait-robot qui domine ce livre, celui d'une gauche en costume bien coupé ; Jaurès était d'une intelligence supérieure, ses dons éclataient et sa force oratoire emportait tout. Mais il n'était pas élégant et mondain. Il fut pourtant attaqué sur son mode de vie. À droite bien sûr – tout est bon pour discréditer l'ennemi – mais aussi sur sa gauche. Éternelle tentation de l'extrême gauche : si l'adversaire professe des vues modérées sur tel ou tel point, s'il n'appelle pas à la rupture immédiate avec le système, c'est qu'il y a un intérêt personnel. Jaurès, avant tout, était républicain. Il concevait la révolution comme une réconciliation autant que comme un combat. Il n'avait donc aucune gêne avec les bourgeois dès lors qu'ils étaient ouverts au progrès. Sa proximité avec les ouvriers n'avait rien de sectaire envers le reste de la société. On trouve même sous sa plume un éloge solennel du chef d'entreprise. Les ouvriers, d'ailleurs, ne s'y trompaient pas. Ils aimaient à voir que leur porte-parole, sur le plan des capacités, de l'intelligence et de la culture, surpassait les plus brillants hérauts de la droite. L'origine bourgeoise de leurs chefs, pensaient-ils, n'était pas un handicap mais une arme. Ils en étaient plutôt fiers. À l'enterrement du grand Jaurès, les mineurs de Carmaux firent à son cercueil la plus émouvante des haies d'honneur.

Le style de Blum n'était pas bourgeois : il était aristocratique. Avec sa voix fluette, son lorgnon d'intellectuel, sa haute silhouette mince, son chapeau noir et son grand manteau de bonne coupe, il évoque plus le critique délicat de *La Nouvelle Revue française* qu'il fut à ses débuts, que le chef socialiste haranguant une foule ouvrière sur le carreau de la mine. À côté d'un Thorez massif, débordant d'énergie et de force, au verbe carré et aux manières faubouriennes, son allure et sa rhétorique subtile symbolisent toute la fragilité du socialisme démocratique face à la brutalité du stalinisme. Le chêne et le roseau... Par une ironie réconfortante de l'Histoire, la lutte entre les deux branches du mouvement ouvrier se terminera comme la fable de La Fontaine. Le chêne communiste fut déraciné. Le roseau socialiste est toujours là...

C'est ce lettré raffiné, connu d'abord pour un essai sur le mariage, juriste déjà admiré par ses pairs du Conseil d'État, que Jaurès choisit comme son plus proche collaborateur, son élève et son héritier. Fils d'un commerçant juif aisé, Blum fit ses classes dans le droit et la littérature et non dans le feu de l'action ouvrière. L'affaire Dreyfus détermina son engagement puis sa rencontre avec Lucien Herr, le bibliothécaire de l'École normale et la conscience philosophique du socialisme parisien. Puis Blum rejoignit Jaurès dont il apprit le goût généreux de la politique et auquel il apporta toute l'intelligence d'un esprit sans cesse en mouvement. Parlementaire, éditorialiste de *L'Humanité* puis, après la rupture de 1920, du *Populaire*, juriste de haut vol au Conseil d'État (ses arrêts sont toujours commentés aujourd'hui), il vivait dans un grand appartement à Montparnasse, fréquentait les salons, recevait les peintres et les écrivains. Il était servi à table et se déplaçait en voiture avec chauffeur. Pourtant la vénération qu'il suscita dans la classe ouvrière fut immense. Honni par la droite et les communistes, il entraîna dans son sillage la gauche éprise de liberté et d'égalité. Ses grands discours sont autant de bibles pour les militants, celui de Tours prédit point par point les perversions du stalinisme promises par les conditions de fer imposées par Lénine et Zinoviev à la IIIe Internationale. Gardant la « vieille maison » du socialisme français après la scission de 1920, Blum en fit le monument de l'espérance ouvrière grâce à la victoire du Front populaire et aux grandes réformes de juin 1936. Thorez et le PCF allaient tenter de le discréditer à plusieurs reprises. La violence de la dénonciation atteignit plusieurs fois à l'infâme. En 1942, alors que Blum doit faire face aux juges réunis par Vichy pour le procès de Riom et qu'il risque la peine de mort, Thorez (qui a déserté en 1940) écrit ces lignes de Moscou, dans le méchant opuscule intitulé « Blum tel qu'il est ». On y trouve l'essence même du réquisitoire de l'extrême gauche (et de l'extrême droite) contre la gauche caviar, un modèle du genre : « Blum le traître, Blum la guerre, Blum le bourgeois aux mains fines et molles, aux doigts longs et crochus, l'égoïste jouisseur au style maniéré, le délicat esthète de la société des salonnards aux mœurs dissolues, Tartuffe immonde, hideux et puant d'hypocrisie, qui donne la nausée à ceux qui l'approchent, le vil laquais des banquiers de Londres, le répugnant reptile qui siffle et qui se tord, le chacal Blum vomi par le mouvement ouvrier, qui ne manquera pas de clouer au pilori ce monstre moral et politique. » Cette entreprise des destructions politique a totalement échoué. Dans la corbeille ouvrière, le socialiste bourgeois qu'était Blum laisse en héritage les congés payés, les quarante heures et la dignité enfin conquise par l'avènement d'un gouvernement exprimant les plus humbles. Le communisme prolétarien laisse le goulag.

Le cas de Mitterrand est très différent. Voilà un homme venu très tard au socialisme et dont la conversion tardive reste nimbée d'incertitude. Le jeune François Mitterrand est un bourgeois provincial, catholique, cultivé, conservateur. À une époque où le Quartier latin est un champ d'affrontement entre extrême droite et gauche républicaine, il se retrouve du premier côté. Il est Croix-de-Feu, c'est-à-dire adepte d'une droite autoritaire, nationaliste, antirépublicaine mais aussi antiallemande et à peu près exempte d'antisémitisme. À cette époque les intellectuels de droite, ceux de l'Action française ou du fascisme à la française, tendance *Je suis partout*, tiennent le haut du pavé. Le choix du jeune François en faveur du colonel de La Rocque, qui sera déporté par les Allemands, reste, toutes proportions gardées, modéré. Il n'en est pas moins le choix de l'extrême droite. Mitterrand manifeste contre le nombre excessif d'étrangers à l'Université ou bien contre un professeur qui a eu le front de condamner l'intervention mussolinienne en Éthiopie.

La guerre survenant, il est fait prisonnier et enfermé en Allemagne, expérience qui le frotte brutalement aux réalités sociales et tisse des liens d'amitié indéfectibles avec des hommes dont tout aurait dû le séparer. Évadé, il rejoint Vichy et non la France libre. Il attendra 1943 pour se détacher du maréchalisme et gagner, bien après les gaullistes qu'il combattra toute sa vie, le camp de la Résistance. Quand il se fait élire dans la Nièvre, en 1944, c'est sur un programme anticommuniste et conservateur résolument hostile au gouvernement tripartite qui réunit communistes, socialistes et démocrates-chrétiens. Sa lente rotation vers la gauche commence seulement à ce moment-là, alors qu'il est déjà ministre et chef d'un petit parti charnière, l'UDSR, qu'il va astucieusement placer au centre gauche de l'échiquier. Cette formation qu'il dirige avec René Pleven, résistant breton à la fois chrétien et gaulliste, fait l'appoint dans les majorités instables qui gouvernent la IVe République. Mitterrand est onze fois ministre sous des présidents du Conseil de couleur politique variée. Petit à petit, il se rapproche de la gauche, persuadé que les affaires coloniales sont un piège pour la république, répugnant à la stricte politique de répression réclamée par la droite et le parti colonial qui en fait bientôt une de ses têtes de Turcs. Mitterrand opportuniste ? Au pied de la lettre, certainement. Il est un ex-maréchaliste, antigaulliste, venu de la droite dure, qui s'est rallié à la république une fois jeunesse passée. Il sert plusieurs coalitions et change d'alliances au gré des nécessités. Il est un Rastignac du parlementarisme, le jeune loup d'une république des manœuvres et des compromis.

Mais dans les options générales on trouve une constante. Mitterrand a abjuré ses premiers engagements à droite. Il est démocrate sans faille, républicain fervent. Bien sûr, il garde des amitiés – ou des relations – dans les anciens cercles vichystes, dont René Bousquet, responsable de la rafle du Vél'd'Hiv, est la figure la plus noire, ou encore Robert Hersant, qui le ménagera plutôt dans ses journaux. Bien sûr, il saura toujours jouer de ces souvenirs pour de petites opérations tactiques : le désistement en sa faveur de Tixier-Vignancour, candidat de l'extrême droite en 1965, l'amnistie des généraux factieux de l'Algérie française, le coup de pouce médiatique à Le Pen au début des années 1980. Mais, pour le reste, Mitterrand évolue depuis l'âge de trente ans entre centre gauche et gauche, à l'intérieur d'options parfaitement républicaines. Sa réticence aux guerres coloniales lui voue la haine d'une certaine droite et son antigaullisme l'hostilité de l'autre. Il comprend avant les socialistes que l'alliance avec le parti communiste est inévitable et voit tout le bénéfice que la gauche pourra tirer de l'élection du président au suffrage universel. Sur ces deux principes, il bâtit une ligne d'action cohérente qu'il va imposer avec patience à la gauche tout entière. Sur le plan doctrinal et militant, en matière de conscience sociale ou de vision économique, il est très au-dessous de Jaurès, de Blum ou de Mendès. Mais il les surpasse de loin en stratégie politique. Lui conduira la gauche pour longtemps au pouvoir tandis que les trois autres n'ont mené que des « expériences » honorables, glorieuses parfois, mais toujours éphémères. Peut-être la gauche démocratique empêtrée dans ses principes avait-elle besoin de ce manœuvrier d'élite pour devenir une force de gouvernement.

En tout cas l'écart culturel entre la gauche profonde et son chef s'accentue sous Mitterrand. Dans les années 1970, on parle de rupture avec le capitalisme, Programme commun, nationalisations, autogestion, voie française vers le socialisme. Mitterrand sacrifie à la rhétorique ambiante. Mais, dès qu'il quitte les tréteaux, il préfère parler de Chardonne, des arbres et des cathédrales. Il va à Carmaux ou au mur des Fédérés. Mais il vibre à Vézelay ou devant les gisants de Saint-Denis. Marchais va à Moscou ou à Aubervilliers, Rocard dans les cénacles d'économistes ou les salles enfumées du PSU. Mitterrand déjeune chez Lipp et dîne avec Pierre Bergé. Gauche caviar ? À certains égards, oui. Le jeune ministre habitait en face du Luxembourg, revêtait facilement son smoking et déshabillait des yeux les starlettes sur les marches de Cannes. Le dimanche, il filait à Louveciennes chez Pierre Lazareff, le patron de *France-Soir*, pour les garden-parties dominicales les plus courues de la capitale. Mitterrand connaît intimement le Quartier latin, ses bonnes tables et ses librairies, il dîne en ville et préfère de loin Marguerite Duras à Edmond Maire. Il habite rue de Bièvre, à deux pas de la Tour d'Argent et de Saint-Nicolas-du-Chardonnet, une maison en hauteur aux escaliers compliqués et aux pièces minuscules, remplie de livres et de meubles patinés. Il possède – secrètement à cause de Mazarine – un petit mas à Gordes, sans apprêt mais doté de murs ancestraux et d'une vue sur le paysage provençal. Il se retire aussi dans sa propriété de Latche, résidence secondaire agréable mais sans ostentation, dans laquelle on aurait vu un universitaire ou un écrivain.

Gauche caviar, donc, mais surtout gauche ortolans, c'est-à-dire campagnarde, enracinée, cossue et paysanne à la fois. Maître de Paris, Mitterrand reste inébranlablement provincial et fidèlement rural. Le clocher de « La force tranquille », son affiche victorieuse en 1981, traduit, au-delà du contre-pied politique destiné à gêner ses adversaires, la vérité du personnage. Mitterrand est arrondissementier. Dans la Nièvre, il connaît la moindre querelle de bornage et le plus petit problème d'adduction d'eau. Il est de plain-pied avec les paysans durs à la tâche comme avec les cafetiers hâbleurs ou les notaires avaricieux. Il se souvient de la cousine qui s'est mariée à la ville avec un clerc d'avoué et du grand-oncle qui fut gazé au chemin des Dames. Comme au village, il croit moins aux idées qu'aux relations personnelles. Un service rendu vaut tous les manifestes et un réseau de relations fondé sur la fidélité et l'intérêt commun fera plus en politique que toutes les ferveurs militantes. Un bon « tope là ! » lui semble préférable à toutes les professions de foi. « Avec cent personnes décidées, disait-il dans les années 1960, on peut conquérir la gauche. » Cette vision balzacienne du pouvoir, qu'on trouve dans *Les Treize* ou dans *Splendeurs et Misères* et qui repose, au fond, sur l'intime connaissance des faiblesses humaines, lui donnera, sur tous les idéologues de la gauche, un avantage décisif. Mitterrand n'est pas de la gauche caviar. Il l'englobe, il en use, il en joue comme il englobera finalement toute la gauche dans sa vision. Il vit comme elle mais il la dépasse par sa maîtrise du terrain électoral. Et, surtout, il a aussi compris les communistes, les radicaux ou encore la vieille droite antirépublicaine. « Je fais partie du paysage de la France », disait-il. Certes. Comme un garde-chasse ou un médecin de campagne, qui sait par cœur le moindre chemin ou la moindre ferme et réussit, par cet inlassable cheminement, à régner sur son territoire...

Quel est le bilan de cette gauche démocratique menée par des bourgeois ? Cette gauche de la liberté qui a traversé le siècle tant bien que mal, haïe par la droite, combattue par les communistes, malmenée par les réalités ? Quel est le bilan de cette gauche où la gauche caviar, on l'a vu, a joué un rôle important, jusqu'à porter dans cette histoire une coresponsabilité ? Osons le dire : pas si mauvais. Bien sûr, l'espérance de l'utopie socialiste a été trompée. Non, la gauche réformiste, bourgeoise, n'a pas construit, par étapes, la société idéale dont rêvait Jaurès, dont parlait Blum et que Mitterrand encore promettait dans les années 1970. Il a fallu admettre, après le « tournant de la rigueur » en 1983, que le capitalisme, *in fine*, resterait debout. Et même qu'il se développerait en dépit du gouvernement de la gauche, voire avec lui. Le socialisme, donc, ne serait pas un autre système mais seulement une *autre* modalité du *même* système.

Pour l'extrême gauche, pour la gauche radicale, il s'agit là du péché capital. Si l'on est de ce côté, si l'on veut croire, envers et contre tout, à la Révolution, alors on condamnera en bloc l'itinéraire. Mais il faudra aussi, sous peine de mauvaise foi ou d'aveuglement, s'interroger sur l'autre héritage, celui de cette « radicalité » récemment parée de vertus nouvelles. La gauche « non bourgeoise » se divise en deux branches inégales, l'une communiste, massivement majoritaire, l'autre essentiellement trotskiste, très longtemps ultra minoritaire. Sous cet angle, évidemment, tout change. Le communisme réel, référence du PCF pendant le plus clair de son histoire, s'est effondré de lui-même en 1989. Il n'en reste que des tombes et des mensonges. Le PCF a été utile à la gauche allié avec les socialistes. Le reste du temps, il fut essentiellement nuisible : vouant la gauche à l'impuissance par la tactique « classe contre classe » dans les années 1920 ; attentiste et antipatriote entre 1939 et 1941, de la signature du pacte germano-soviétique à l'attaque de la Wehrmacht contre l'URSS ; fidèle allié des organisateurs du goulag pendant la guerre froide. La valeur individuelle des militants communistes n'est pas en cause. On l'a mesurée vingt fois, pendant la Résistance, au cœur des luttes ouvrières, dans les jours ensoleillés du Front populaire ou de la Libération. Mais la pureté ouvriériste et révolutionnaire, symétrique de la gauche bourgeoise tant honnie, n'a jamais débouché, au fond, que sur la tyrannie ou l'impuissance.

Un mot des trotskistes. Leur programme a quelque chose d'admirable dans sa perfection doctrinaire. Mais comme à Dieu dans la thèse de la preuve ontologique, il ne lui manque qu'un seul attribut : l'existence. Les trotskistes refusent de tirer les leçons de l'échec sanglant de leurs ennemis au sein du bolchevisme. Ils croient à une déviation criminelle de l'idée de départ alors que le crime se trouve au cœur du projet léniniste. N'ayant rien appris et rien oublié depuis 1917, toujours battus par les staliniens, ils sont la mouche du coche révolutionnaire. Ils s'agitent avec une énergie infatigable. Mais c'est au balcon de l'Histoire.

Bien sûr, il manque à l'œuvre de la gauche bourgeoise ce romantisme de la rupture, ce vertige de l'utopie qui fait les grandes vocations militantes.

Pourtant la classe ouvrière, finalement, l'a plébiscitée. Dans tous les pays d'Europe, aujourd'hui, la social-démocratie est seule capable de fédérer les salariés. Le communisme n'est plus qu'un souvenir. C'est pour défendre l'héritage de cette gauche réformiste que les forces progressistes combattent, en Europe, les tendances restauratrices de la mondialisation libérale. L'État providence, les lois sociales, la protection des travailleurs, l'éducation pour tous et une prospérité inédite dans l'histoire humaine : si l'on se bat aujourd'hui pour préserver tout cela, c'est bien parce qu'on y accorde de la valeur. L'œuvre du réformisme, si insuffisante qu'elle paraisse aux yeux des révolutionnaires, est le patrimoine du peuple. Voilà qui autorise beaucoup d'absolutions.

Les erreurs furent nombreuses. L'Union sacrée en 1914 après la mort de Jaurès, l'abstention de Blum devant la prise du pouvoir par Pétain, le délitement de la chambre de Front populaire, les crimes de la guerre d'Algérie. Pourtant, toujours, le socialisme français se releva de ses fautes et reprit sa marche patiente vers le progrès social. Et toujours ses compagnons de route issus des classes dirigeantes – les hommes de la gauche caviar – jouèrent leur rôle de passeurs, d'experts, de conseillers, de théoriciens ou de porte-parole. On les trouve dès l'origine autour de Jaurès, de Blum, de Mendès et de Mitterrand. Collectivement, ils n'ont pas à rougir de leur parcours. Ils ont préservé la démocratie, réformé la société, amélioré la condition populaire. Jusque dans les années 1990, ils ont préparé les projets, développé les analyses, diffusé les idées et conseillé les responsables. Ceux qui étaient plus ouvriers qu'eux se sont souvent davantage trompés. Jaurès voulait combattre le fléau guerrier par la grève.

Épargné en 1914, il eût peut-être, après tout, tant était grand son prestige international, réussi à ressaisir la conscience ouvrière en France et en Allemagne et évité le suicide de la civilisation européenne. Jules Guesde, en tout cas, qui lui donnait des leçons de pureté marxiste, rejoint sans broncher l'Union sacrée et participe, comme beaucoup de leaders prolétariens allemands, aux gouvernements qui organisent la boucherie patriotique. Il y eut des syndicalistes à Vichy ; dans la Résistance on trouva un nombre respectable de bourgeois progressistes, dont Claude Bourdet, Bertie Albrecht ou Emmanuel d'Astier de la Vigerie donnent les exemples héroïques. Le parti communiste attendit que l'URSS fût attaquée par Hitler pour entrer en guerre contre lui. Jean Moulin, préfet mondain tiré à quatre épingles, qui fréquente avant la guerre les cercles gouvernementaux autant que parisiens, conseiller de Pierre Cot, ministre de l'Air du Front populaire, partait faire du ski au milieu des missions à haut risque que lui confiait le général de Gaulle. L'homme le plus connu de la geste résistante, le héros qui symbolise le fier courage de la France restée debout, était aussi un représentant typique de la gauche élégante et élitiste.

Pendant la guerre d'Algérie on retrouve les mêmes chassés-croisés. Mendès le bourgeois comprend avant les socialistes les plus liés aux couches populaires que la guerre coloniale est une impasse doublée d'une faillite morale. Guy Mollet, professeur d'anglais et d'orthodoxie marxiste, arrache en 1946 la SFIO des mains de Blum et de Daniel Mayer, au nom de la pureté doctrinale. Il garde au sein du parti une majorité permanente appuyée sur une rhétorique de gauche impeccable et le soutien des fédérations les plus ouvrières. C'est pourtant lui qui envoie le contingent en Algérie et couvre l'usage systématique de la torture. Mendès, le bourgeois radical, prônait la négociation. Mollet a été impressionné, explique-t-il, par la révolte du petit peuple pied-noir au moment de sa visite de 1956 à Alger. Les tomates du forum, estime-t-il, n'étaient pas coloniales mais prolétariennes : le marxiste en lui trouve cette étrange justification à la reddition devant l'émeute des colons. Et c'est la gauche bourgeoise, celle de Claude Bourdet, de Servan-Schreiber, de *L'Express*, de *France-Observateur*, du futur PSU et des mendésistes, qui sauve l'honneur progressiste en s'insurgeant contre la sale guerre.

C'est aussi une autre forme de gauche caviar, les hauts fonctionnaires keynésiens réunis autour du Commissariat du plan, de l'INSEE et du ministère des Finances, qui fournissent à la République son projet de développement fondé sur le modernisme industriel, le pilotage de l'économie par l'État, l'ouverture aux échanges internationaux et le compromis social. Ce mélange de colbertisme et de social-démocratie à l'ombre du grand Maynard permet l'extraordinaire aventure économique française qu'on a appelée les Trente Glorieuses. La même lignée de serviteurs de l'État, réunis au club Jean-Moulin ou plus tard à la fondation Saint-Simon, travaillera, dans l'ombre de Mendès, de Rocard et, sur le tard, de Mitterrand pour donner à la gauche la compétence et le programme économique qui lui manquent.

Non, la gauche réformiste, au sein de laquelle on trouve la gauche caviar qui nous occupe, n'a pas démérité de la classe ouvrière et des valeurs socialistes. Elle a humanisé le capitalisme, contribué à construire l'Europe, donné au peuple de gauche une dignité politique que la longue domination de la droite après 1958 lui refusait. Son bilan historique est souvent brillant, parfois héroïque, plusieurs fois décevant mais toujours honorable. En regard de celui du stalinisme ou de l'extrême gauche, il est écrasant. C'est ensuite que les choses se gâtent. Plutôt respectée jusque-là, la gauche caviar dans les années 1990 va se retrouver en accusation. Il faut le reconnaître : le procès n'est pas immérité.

9

Avant d'être une catégorie politique, la gauche caviar est un milieu. Ou plutôt : plusieurs milieux, plusieurs tribus, plusieurs petits mondes qui se croisent et s'entrecroisent. Chacun d'entre eux suscite ses critiques, ses ressentiments, parfois ses haines. Il y a la gauche caviar des intellos, des patrons, des éditeurs, des politiques ou des journalistes. L'expression désigne une réalité française tangible et complexe, répartie dans plusieurs sphères de la société. Avant d'en achever l'histoire, il faut donc en faire la géographie. Ainsi l'on saura de quoi l'on parle. Et surtout de qui.

Bien sûr, à ce point du discours, le lecteur se dit qu'il serait temps, tout de même, de passer aux aveux. Cela fait trop longtemps qu'on tourne autour du pot, qu'on prend des détours, qu'on remonte à l'Empire romain. Allons ! Foin des circonvolutions ! La gauche caviar, on le sait bien, pour ceux qui s'intéressent un tant soit peu à la chose publique, c'est un peu l'*Obs*, dont l'auteur de ce livre a l'honneur de diriger la rédaction ! Alors ?

Alors parlons-en ! Oui, l'expression de gauche

caviar a été souvent appliquée au *Nouvel Observateur*. En fait, à son prédécesseur, *France-Observateur*. C'était dans la bouche de Jacques Soustelle, ce gaulliste nommé gouverneur de l'Algérie au plus fort de la guerre, qui allait basculer du côté de l'OAS quelques années plus tard. Voyant le « Manifeste des 121 » signé par des personnalités opposées à l'usage de la torture, il eut ce cri du cœur : « Mais c'est la gauche caviar ! » Sous-entendu, toujours le même refrain : la gauche des belles âmes qui croient qu'on peut s'opposer à l'insurrection algérienne sans se salir les mains, qui vit tranquillement au Quartier latin pendant que les bons Français, eux, crapahutent dans les djebels et défendent leur pays comme ils peuvent. En fait, le Manifeste des 121 fut une étape importante dans la prise de conscience des horreurs de la guerre coloniale au sein d'une opinion française abreuvée de propagande. Utile gauche caviar...

Par glissement, le terme s'appliqua à *France-Observateur*, l'un des organes de la « paix en Algérie » et ensuite à son successeur, *Le Nouvel Observateur*. Ainsi surnommé, l'*Obs* était dénoncé comme le journal des intellos mondains, le journal de la gauche bourgeoise, le journal de ceux qu'on appelle depuis quelques années les « bobos », bourgeois bohèmes. Il y a du vrai là-dedans, en tout cas sur le plan de la sociologie. Selon la ligne tracée dès l'origine par ses fondateurs, l'*Obs* défend les idées progressistes avec les armes du journalisme d'écriture et de réflexion. Le journal, donc, prend le parti des pauvres et des opprimés. Mais son siège est situé place de la Bourse à Paris (tout un programme...), ses dirigeants sont prospères, souvent ses journalistes habitent les quartiers centraux, fréquentent le microcosme parisien, dînent avec tel ou tel puissant de la Terre. Dans l'illustration de leur cause, reporters de guerre exceptés, ils prennent peu de risques physiques. Attentifs à l'injustice, ils ne vivent pas, on s'en doute, au milieu des cris de colère des miséreux.

Contradiction ? Il en est ainsi depuis les années 1960. La formule est la même depuis toujours, un magazine d'élite pour un large public, un rendez-vous de la pensée et du pouvoir, un newsmagazine de gauche. Autrement dit, on a beau jeu de caricaturer cette réflexion critique et égalitaire imprimée sur papier glacé, des éditoriaux engagés au milieu de publicités luxueuses, un « journalisme intellectuel » selon le vœu de Jean Daniel, un ton chaleureux et, si possible, brillant, truffé toutefois de références et de clins d'œil qui agacent. Bref, un bulletin de la rive gauche diffusé dans la France entière mais aussi un bon journal, informé et intelligent : le mélange est paradoxal, contradictoire parfois, irritant souvent. Dessinatrice emblématique qui a fait, avec Wiaz, une bonne part de l'identité graphique du journal, Claire Bretécher l'a vu très tôt : en créant, il y a vingt-cinq ans, *Les Frustrés*, ces pharisiens parisiens dissertant du malheur du monde enfoncés dans des canapés profonds, un verre de whisky à la main, elle a mis en scène dans le journal le portrait même de ses responsables et de ses amis, de leurs doutes et de leurs ridicules. L'*Obs*, ainsi, se paie le luxe de publier lui-même sa propre caricature. Ruse de l'humour qui permet d'avancer en se moquant de soi-même mais en devançant aussi les satires plus féroces que d'autres auraient pu imaginer.

Régulièrement des lecteurs, intéressés par les articles mais irrités par le nombre des publicités, écrivent pour protester. Ils mettent en cause une évolution qui, selon eux, a fait dériver le journal de la vraie gauche vers la gauche caviar. Protestation compréhensible, admonestation utile pour une équipe qui pourrait oublier, dans le confort relatif, les principes mêmes de l'investigation journalistique et de la relation des tensions sociales et politiques. Dans un sens, le lecteur a toujours raison. Sauf sur un point : l'*Obs* n'a pas « dérivé », même s'il a commis à coup sûr des erreurs sur lesquelles nous reviendrons. Il était *au départ* le porte-parole de la « gauche caviar ». En tout cas selon la définition que nous en donnons depuis le début de ce livre. C'est dans un chalet de sports d'hiver que Claude Perdriel proposa à Jean Daniel son ami, qui venait de quitter *L'Express*, de s'associer à lui pour une aventure de presse. C'est en Tunisie, sous le soleil de vacances agréables, que le projet fut développé. C'est au cœur de Paris, dans un milieu intellectuel plutôt prospère, que l'ancien *France-Observateur*, journal de la « nouvelle gauche » militante et intellectuelle, devint *Le Nouvel Observateur*, bientôt « hebdo de la gauche caviar ». Nous n'étions pas, on le voit, dans l'arène des luttes prolétariennes.

En 1964, Jean Daniel était un reporter vedette à *L'Express*, star du « Maghreb Circus », ce groupe de journalistes qui avaient couvert la guerre d'Algérie, héritier de Camus, passionné de philosophie, de littérature, vivant le reste du temps d'hédonisme nonchalant et d'amitié. Claude Perdriel était un polytechnicien de Saint-Germain-des-Prés, sachant avec intelligence gagner de l'argent dans l'industrie et le perdre dans la presse, personnage de Paul Morand, homme pressé prenant l'apéritif au Flore et le café à Saint-Tropez, après un vol en avion privé avec deux actrices et trois écrivains, patron qui s'intéresse toujours au projet suivant et qui ne dit pas « Je vais demander à mon conseil » mais « je vais convaincre mon avocat ».

Ces deux-là étaient des hommes libres. Les déterminations de leur milieu d'origine, la bourgeoisie du XVIe pour l'un, celle d'Algérie pour l'autre, ne pouvaient pas les enfermer. Rien n'obligeait, au fond, le onzième fils d'un minotier aisé de Blida, à comploter, au risque de sa vie, avec José Aboulker, résistant algérois. À l'âge où l'on s'occupe de filles et d'études, Aboulker et ses agents gaullistes, comme lui juvéniles et enthousiastes, ont contribué à assurer le succès de l'opération Torch, le débarquement allié en Afrique du Nord. Rien n'obligeait non plus le jeune homme à tout quitter en 1943 pour rejoindre la 2e division blindée du général Leclerc, partir en Angleterre, débarquer en Normandie et participer à la libération de Paris. Rien ne l'obligeait, en un mot, à risquer sa vie pour ses idées. Sa condition de juif pied-noir ? Certes les honteuses lois de Vichy lui avaient enlevé cette nationalité française qui était, à ses yeux, le trésor de sa communauté et le moyen d'entrer en communion avec Voltaire, Hugo ou André Gide. Proscrit, il passa à la révolte. Mais combien d'autres ont préféré, sachant que les Allemands n'étaient pas en Algérie, attendre des jours meilleurs en se contentant de vivre, ce qui n'était déjà pas si mal en ces temps sinistres ?

Plus jeune, Claude Perdriel n'avait pas l'âge de l'engagement pendant la guerre. Mais il n'était pas forcé, voyant que les lycéens juifs de sa classe étaient contraints de porter l'étoile jaune, de l'arborer lui aussi par solidarité, jetant la consternation dans une famille avant tout respectueuse de l'ordre établi. Et qui l'obligeait, jeune bourgeois, sortant de l'X, assuré d'une carrière industrielle sûre et rentable, à risquer sans cesse un patrimoine bien gagné pour d'improbables feuilles intellectuelles ou littéraires où il n'était question, au fond, que de réformes socialistes, c'est-à-dire de réformes qui, si elles étaient appliquées rigoureusement, devaient le mettre sur la paille. Lancé dans la carrière industrielle, Claude Perdriel aurait dû choisir le Medef et la presse de droite. Ses idées l'ont orienté vers le mendésisme et la « gauche du cœur ». Celle-ci y a gagné une recrue précieuse.

Jean Daniel était l'ami de Camus. L'adhésion profonde à ses idées explique, en grande partie, les prises de position du journaliste écrivain, plus que ses conditions de vie. Humaniste de culture, intraitable sur la liberté, méfiant devant les utopies, craignant le sang des révolutions si souvent trahies, agnostique épris de spiritualité, réaliste dans sa conception d'un pouvoir de gauche, Jean Daniel, par conviction et non par atavisme, a choisi en politique Mendès, Rocard, Mitterrand, Jospin. Il fut la tête de Turc des activistes au temps de l'Algérie française, celle des gaullistes et du parti communiste pendant les années 1960, de la droite et de l'extrême gauche toute sa vie. L'*Obs* est l'emblème de la gauche caviar, c'est un fait. Est-ce vraiment l'essentiel ? Car il faut aussi parler du fond...

Le journal a défendu la liberté dans le socialisme, combattu le stalinisme à l'étranger et en France. Il a ennobli le journalisme en l'ouvrant largement aux universitaires, accueilli les dissidents soviétiques, participé à l'aventure de la gauche française, accompagné la longue marche des progressistes vers le pouvoir, soutenu les efforts des militants des droits de l'homme en Bosnie ou en Tchétchénie. Mendésiste, attentif à la pensée économique, il a défendu un programme de réformes rationnelles, considérant que des mesures irréalistes prônées par la gauche radicale étaient un piège tendu aux classes populaires. Il a rendu compte, avec un souci d'écriture et de réflexion, des grands basculements du monde et des bouleversements de la société française. Il a soutenu les luttes pour la libération des femmes, la dignité des minorités, la modernisation de l'économie, la réforme du travail et la protection de la planète. Entre la gauche révolutionnaire revigorée par Mai 68 et la gauche réformiste mise en situation par le Programme commun, l'*Obs* a servi de carrefour intellectuel. Entre le projet sioniste de la gauche israélienne et la revendication nationale du peuple palestinien, il a servi de passeur et de forum, cherchant toujours la voie du compromis qui ferait du Proche-Orient, lieu d'origine de trois cultures, un havre d'avenir pour la civilisation. L'*Obs* s'est développé selon le plan d'origine : ne pas s'en tenir à la tour d'ivoire du journal engagé et grave, mais croire qu'une conviction, pour se changer en force agissante, devait être partagée par le plus grand nombre. Il a accueilli la publicité, poussé ses ventes, multiplié ses abonnés à l'aide de techniques modernes. Il vendra à cinq cent mille acheteurs aujourd'hui – contre quarante mille au départ – les idées qu'on destinait naguère aux « happy few ». Il a préféré les critiques dont on accable la réussite à la compassion noble qui entoure l'échec.

À vrai dire, l'*Obs* fut interpellé... avant même sa naissance. En 1947, Jean Daniel crée une revue intellectuelle et littéraire qu'il appelle *Caliban*. La formule de la revue veut qu'à la fin de chaque numéro soit publié le texte intégral d'une œuvre méconnue ou injustement oubliée. C'est ainsi qu'un jour, Camus appelle Jean Daniel pour lui suggérer de consacrer sa rubrique au beau roman de l'écrivain breton Louis Guilloux, *La Maison du peuple*, resté dans une relative obscurité. Avec un réflexe très journalistique, Daniel demande aussitôt à Camus de donner à cette publication une préface, ce que l'écrivain surmené accepte non sans réticence. *La Maison du peuple* évoque la vie du père de Guilloux, cordonnier de Saint-Brieuc et militant socialiste d'avant la guerre de 1914. Il y est question de la classe ouvrière, de la misère et de l'honneur de ces prolétaires révoltés qui cherchent dans les livres et la solidarité de classe des raisons de se battre et d'espérer. Admirateur de Guilloux, Camus trouve dans le roman un écho à sa propre enfance algéroise. Une phrase glissée dans la préface provoque la polémique : « Nous sommes quelques-uns, écrit Camus, à tolérer avec gêne qu'on puisse parler de la misère autrement qu'en connaissance de cause. » Élevé par une mère femme de charge dans un Alger plus que populaire, repéré par un professeur républicain et devenu par son seul et insigne mérite membre de la haute société des lettres, Camus savait effectivement de quoi il parlait. Guilloux, raconte aujourd'hui Jean Daniel, faisait partie d'un trio d'écrivains qui maintenaient, au-delà de divergences parfois profondes, une solidarité instinctive : ils étaient tous trois fils de cordonnier. Ainsi Louis Guilloux parlait-il avec Jean Giono et Jean Guéhenno de cette enfance semblable et de leur commune obsession : ne jamais oublier l'échope des origines et ne rien faire dont leur père ne puisse être fier...

La phrase de Camus est lourde de sens : après la Libération, les communistes dominent les esprits et rallient les intellectuels, Sartre en tête. Le parti de la classe ouvrière agite sans cesse, comme dans un chantage moral, la légitimité que lui confère son implantation dans les usines. Or Camus, lui, ne se rallie pas. Il est trop attaché aux libertés, trop humaniste pour accepter Staline. Du coup, son expérience charnelle de la misère sonne comme un rappel cruel aux oreilles des « compagnons de route » qui expient leur origine bourgeoise par leur docilité envers le Parti. Ceux-ci répondent vertement en expliquant, en substance, que la fidélité ouvrière n'est pas celle de l'enfance mais qu'elle tient tout entière dans l'adhésion au « socialisme scientifique », seul instrument valable d'émancipation des ouvriers. Le débat rebondit encore dans *Caliban* à propos de la violence en politique, pour laquelle Camus pose des conditions très étroites, que les compagnons de route jugent platement petites-bourgeoises. Emmanuel d'Astier de la Vigerie, le « marquis rouge », résistant héroïque et proche du PCF à la Libération, attaque l'auteur de *L'Étranger*. « Vous ne comprenez pas, Daniel, la gravité de tout cela, dit Camus. Tandis qu'Aragon, Casanova et Kanapa font régner la terreur chez ces petits littérateurs français, M. d'Astier de la Vigerie, lui, feint de croire que le danger vient de moi. »

Nous sommes ici à fronts renversés. On oppose habituellement à la gauche bourgeoise son origine pour fustiger ses idées trop à droite. Camus tourne la position et oppose une connaissance directe, personnelle, de la condition populaire aux « communistes caviar », qui ripostent en affirmant le principat de l'idéologie. Eau nouvelle, au fond, apportée à notre moulin : ce qui est important, en fin de compte, c'est bien la pertinence des idées (ou leur fausseté) et non l'origine sociale de ceux qui les défendent...

Des erreurs ? Le journal en commit à coup sûr. À certains moments, l'*Obs* fut trop proche de la gauche au pouvoir. Il avait été conçu pour en être le tuteur incommode et non l'outil, l'ami exigeant et non le serviteur. Ceux qu'il soutenait depuis si longtemps une fois installés dans les ors, le journal oublia parfois ce rôle au profit d'une défense qui devait plus à la fidélité qu'à l'adhésion. Il en pâtit. Il se reprit.

Non, son erreur principale fut sociale et non politique. Héraut de la deuxième gauche, l'*Obs* en épousa sans doute trop la dérive moderniste. Ayant si longtemps ferraillé contre le dogmatisme qui sévissait dans la première gauche, étatique et rigide, il continua à faire de ce combat le principal au moment où la révolution conservatrice initiée aux États-Unis touchait l'establishment français. L'urgence avait changé. Le journal s'en est convaincu avec retard. On le verra plus loin en détail. Cette relégation involontaire de la question sociale, ce manque de vigilance face à la montée des inégalités, expliquent beaucoup de choses dans la défaveur de la gauche intellectuelle. Encore l'*Obs* fut-il l'un des moins coupables. Dès 1995, voyant un mouvement social important se développer, le journal prit fait et cause pour les grévistes, se séparant à ce moment-là d'une grande partie de la deuxième gauche et de tout l'establishment. Certes, la grève n'était pas entièrement légitime, fondée avant tout sur la défense de positions acquises au sein du secteur public. Certes, la CFDT, courageusement, défendit le compromis qu'elle avait elle-même négocié avec Alain Juppé autour de la Sécurité sociale. Mais le mouvement de décembre 1995 était plus que cela : il s'agissait aussi d'un soulèvement du salariat contre le sort qui lui était fait dans la mondialisation et l'Europe, en même temps qu'une révolte contre un pouvoir qui s'était fait élire en promettant de réduire la fracture sociale et qui l'accroissait. Il fallait donc soutenir « décembre 95 », quitte à critiquer telle ou telle revendication, tel ou tel mot d'ordre. Ce que la deuxième gauche, à l'époque, ne comprit pas. Cette abstention d'une partie des réformistes laissa le champ libre à l'extrême gauche. La renaissance d'une gauche révolutionnaire, sympathique à certains égards, mais destructrice pour la cohésion du mouvement progressiste et néfaste à la modernisation du pays, fut le prix à payer.

La gauche caviar, dans la presse, a essaimé plus largement. Un peu au journal *Le Monde*, où des prises de position solidaires d'une gauche des libertés impriment une orientation souvent voisine de celle de l'*Obs*. *Le Monde* où le brio de beaucoup de journalistes, allié à une conception culturelle plutôt élitiste et à un mode de vie, lui aussi, confortable, renvoie à notre archétype. Mais *Le Monde* est bien autre chose : l'instituteur de la classe dirigeante en même temps que son organe officiel et sa mauvaise conscience ; le héraut d'un journalisme plus austère, fondé sur la recherche de la crédibilité (même si elle a parfois été entachée) plus que sur le plaisir sensuel de la lecture ; le champion de l'analyse transversale, du reportage sérieux, de l'éditorial grave, même si la modernisation du quotidien en a modifié progressivement l'identité, désormais plus ouverte au grand vent du reportage et de l'enquête de société.

La gauche caviar a aussi pénétré *Libération*. À l'origine, il s'agit d'un quotidien strictement militant, qui veut « donner la parole au peuple », porter les folles espérances maoïstes, entretenir à l'aide d'une rhétorique violente et sommaire la flamme de la Révolution en France. Puis, sous l'impulsion de Serge July, *Libération* devient un journal plus sociétal que social, plaque sensible des crises de l'autorité, de l'éducation ou de la sexualité qui travaillent une France corsetée par le gaullisme finissant. Feuille attachante issue de 1968 devenue vrai journal en mai 1981, alors que la gauche officielle arrive enfin au pouvoir, *Libération* se modernise aux yeux du grand public et s'embourgeoise à ceux de l'extrême gauche. Serge July devient un personnage parisien. Ses cheveux noirs plaqués en arrière, de grosses lunettes, ses costumes sombres et son cigare sont les symboles d'une gauche arrivée. Il arpente le Paris du pouvoir comme naguère les banlieues ouvrières où il visitait les maos établis en usine. Sa faconde, son intelligence d'analyste et surtout son inépuisable imagination de rédacteur en chef, qu'il sert d'une voix caverneuse ponctuée de gros éclats de rire, en font un acteur de la scène médiatique. Il est le fils prodige de l'establishment, d'autant plus fêté qu'on se souvient avec un frisson délicieux qu'il avait naguère juré la perte de ce monde-là. Il est surtout, dans les années 1980 et 90, l'animateur d'un journal pétillant, émouvant, intelligent, qui accompagne de titres impertinents et de reportages éclairants l'évolution de la gauche classique vers la modernité. La ligne libérale-libertaire qu'il insuffle à l'ancien quotidien de Sartre le rapproche des orientations mendésistes de la gauche caviar. Radical en matière de mœurs ou de justice, toujours sensible aux sirènes de l'extrême gauche, le quotidien adopte en économie les thèses de la « deuxième gauche » qui avaient jusque-là droit de cité à l'*Obs* ou dans les cercles rocardiens. Claude Alphandéry, banquier progressiste, Françoise Giroud, prêtresse du journalisme et du mendésisme, qui sera fidèle jusqu'au bout à ses amis de *Libé*, assemblent un groupe de parrains et de marraines issus directement de la « gauche bourgeoise ». Antoine Riboud puis Jérôme Seydoux, grands patrons liés à la gauche, ont apporté le soutien de leurs conseils et de leurs finances, mises au service d'un projet de presse désormais réformiste et moderniste.

Certes *Libération* cultive insidieusement la nostalgie des années révolutionnaires. Son service Culture assure par un sectarisme parfois brillant mais toujours étroit la mise en minorité du quotidien au sein du public cultivé, posture chic au départ et suicidaire à long terme. Un certain jansénisme journalistique interdit des concessions de forme qui eussent mieux assuré la diffusion du journal. Un moralisme agressif et la manie du dénigrement lui confèrent bientôt un ton aigre, quelque peu masochiste, à cent lieues de la séduction pratiquée au sein de la gauche bourgeoise. Une minorité d'extrême gauche, spécialiste des procès en trahison, achève de marginaliser une ligne politique devenue erratique, qui oscille entre la modération de la direction et le rappel à l'orthodoxie gauchiste sans cesse pratiqué par une partie de la base.

À côté de ces défauts qui l'ont plongé dans le déclin, *Libération*, devenu le quotidien des bobos après avoir été celui du peuple, a joué un rôle culturel et politique important. À la fin des années 1970, les ponts que le journal établit avec les plus radicaux des libertaires détournent du terrorisme à l'italienne une fraction de la jeunesse prête à entrer dans l'action illégale pour ses idéaux. Proche des intellectuels qui cherchent à éviter le pire, Sartre et Foucault en tête, liée à un certain establishment progressiste, amie de grands aînés de la gauche comme Robert Badinter ou Henri Leclerc, la direction de *Libération* comprend que l'entreprise gauchiste va tourner au désastre de l'action armée si l'on ne donne pas aux militants les plus radicaux un idéal journalistique qui se substituerait aux utopies gauchistes. *Libération* évite à une grande partie de l'ultragauche française le sort des activistes allemands ou italiens de la RAF ou des Brigades rouges. Passant de la révolution des structures économiques à l'évolution des structures mentales, le journal exprime la lutte des minorités sexuelles ou ethniques pour leur dignité et popularise les formes nouvelles du combat ouvrier ou écologique. Après 1981, rallié *de facto* au réformisme, le quotidien accompagne le « tournant de la rigueur » au terme duquel la gauche abandonne la mythologie de la rupture pour se contenter d'une politique plus contemporaine, c'est-à-dire plus sociale-démocrate.

Désormais habitué des studios, invité à l'Élysée aussi bien qu'à la table des publicitaires, l'ancien chef maoïste Serge July n'a pas fait la révolution. Mais il a créé un journal national influent, expérience rare en France à l'époque contemporaine. Son quotidien promeut l'intervention humanitaire, porte sur les fonts baptismaux SOS-Racisme, exalte la révolution technologique de l'informatique et l'Internet. Fasciné comme d'autres par le personnage de roman que fut François Mitterrand, Serge July place son quotidien dans la mouvance mitterrandienne sans que *Libération* perde pour autant son insolence et son indépendance.

C'est l'apogée. Les ennuis arrivent un peu plus tard.

En 1995, le journal lance une nouvelle formule trop ambitieuse et mal conçue. C'est l'« accident industriel » qui débouche sur un plan social et un recul d'influence. Le journal se reprend ensuite mais il n'a pas la force ou l'audace de se remettre vraiment en cause. La formule de 1981 perdure dans les années 2000 alors que la société a changé. *Libération* est immobile dans un monde en plein bouleversement. Le déclin se confirme, d'autant que la ligne politique se brouille, écartelée entre une adhésion molle à la « pensée unique » qui oublie le social et la réapparition baroque de réflexes d'extrême gauche hors de saison. L'arrivée d'Édouard de Rothschild achève de rendre l'évolution de *Libé* paradoxale. Le courage et le talent de l'équipe laissent toutes les chances ouvertes. Encore faut-il les saisir...

Nettement repérés dans la presse écrite, les organes de la gauche caviar sont plus difficiles à identifier dans l'audiovisuel. Bien sûr, sous l'impulsion de Jérôme Clément, ancien conseiller de Pierre Mauroy à Matignon, énarque cultivé et écrivain à ses heures, Arte représente bien ce mélange d'exigence culturelle et de progressisme qui est la marque de la gauche élitiste. Chargée d'illustrer une certaine conception du savoir et de la création, Arte a su trouver un ton sophistiqué et ouvert à la fois, une certaine conception du documentaire et une programmation cinématographique, musicale et théâtrale qui en fait le parangon de la télévision haut de gamme, de l'image bon genre. Dans le PAF elle occupe exactement la place que notre gauche d'en haut tient dans le paysage politique. Elle agace par son exigence, son abord parfois difficile, son maniement des grands noms et des grandes œuvres. Mais quand ils sont interrogés par sondage, les téléspectateurs la plébiscitent, reconnaissant volontiers, même s'ils la regardent peu, son utilité dans un monde audiovisuel envahi par la trivialité du divertissement à fort audimat.

Un autre conseiller – de François Mitterrand, cette fois – André Rousselet, ancien député et P-DG des Taxis G7, longtemps éminence grise de la gauche mitterrandienne, doté d'une jolie fortune, a présidé à la naissance d'une autre chaîne qu'on doit englober dans notre petit atlas. Canal Plus prolonge avec un style un peu différent l'emprise médiatique de la gauche caviar. Son ton impertinent, sa vision critique du pouvoir, ses diatribes très drôles contre la puissance des multinationales, telles qu'on les voit dans « Les Guignols de l'Info » et, plus généralement, son sens de la dérision, sa volonté de mêler culture haut de gamme et paillettes, cinéma grand public et documentaires pointus, satire au vitriol et ton convivial, tout cela rattache Canal aux traditions établies par *Libération* ou même, à certains égards, par l'*Obs*. Enfants du rock, Pierre Lescure ou Antoine de Caunes ont investi dans cette chaîne branchée parmi les branchées l'esprit des années 1970, même s'ils se gardent bien de tout engagement politique précis en public. Mais Canal exprime aussi un autre courant bien français qui se sépare nettement de la tradition de la gauche : une certaine forme de poujadisme ou encore d'anarchisme de droite, antipolitique avant tout, allergique aux « bien-pensants » et qui se tient avec soin à équidistance des catégories politiques habituelles. Les Guignols tombent souvent dans ce travers en donnant de toute action progressiste une vision ridicule, de toute volonté politique une explication cynique et intéressée. Ils sont largement surpassés dans ce domaine par

Karl Zéro, venu de la droite dure pour faire carrière dans le canular puis dans l'audiovisuel. Le « Vrai Journal », souvent très drôle, donne du monde politique et de la scène publique en général une vision désabusée, noire, qui le rattache à un certain conservatisme. Une droite caviar ?

La presse, plus que la télévision, est un rendez-vous de la gauche caviar. Mais elle ne serait rien sans la conjonction de soutiens financiers et intellectuels qui lui donnent son assise. Côté capital, une petite escouade de « patrons de gauche » assure à cette gauche réformiste et élitiste sa force de frappe financière. Citons deux familles alliées qui viennent d'apparaître dans l'histoire de *Libération* mais dont l'influence va bien au-delà du monde des journaux. Les Riboud, industriels d'origine lyonnaise, ont mis une partie de leur puissance au service de la gauche réformiste qui nous occupe. Antoine a gagné la célébrité à la fin des années 1960 en se lançant à l'assaut de la vénérable forteresse Saint-Gobain, avant de développer le groupe BSN devenu Danone, l'une des grandes multinationales mondiales de l'agroalimentaire. Chaleureux, décidé, il sera toute sa vie le financier de toutes sortes d'entreprises progressistes en même temps que le conseiller des leaders de la gauche réformiste. Il aide *Libération* mais avant cela Lip géré par ses propres travailleurs après une grève de légende ou encore Mitterrand quelque peu empêtré dans les programmes économiques. Ami de la CFDT, des mendésistes, tout en étant respecté au CNPF, Antoine Riboud, parfois étonné qu'on lui prête une foi socialiste, fait progresser les conceptions économiques du PS et donne ici et là le coup de pouce à telle ou telle équipe de la deuxième gauche.

Plus froid, plus secret, plus aristocrate de l'industrie, son frère Jean Riboud parvient au sommet de la compagnie des compteurs Schlumberger, spécialisée dans le forage pétrolier et multinationale surpuissante qui fait jeu égal avec les Américains dans un secteur qui devrait être leur chasse gardée. Jean Riboud aide aussi la gauche à sa manière, plus en demi-teinte. Il devient l'ami de Serge July et le conseille discrètement sur la conduite de l'entreprise *Libération*. Il est aussi le proche de François Mitterrand qu'il aide à comprendre les méandres et les pièges de ce qu'on n'appelle pas encore la mondialisation. Jean Riboud joue même un rôle en préconisant, lors des journées tendues du printemps 1983, de sortir du serpent monétaire européen pour mener une politique protectionniste. François Mitterrand choisira finalement l'autre solution, portée par des hommes de la gauche réformiste regroupés autour de Pierre Mauroy et Jacques Delors.

Liée à la société Schlumberger, dont elle est l'héritière, la famille Seydoux, elle aussi, accompagne la gauche dans sa longue lutte pour le pouvoir politique ou intellectuel. Protestants milliardaires et progressistes, les Seydoux financent nombre de tentatives médiatiques pour donner à la gauche les tribunes publiques dont la domination de l'argent sur la presse la prive généralement. À l'*Obs*, à *Libération*, dans le paysage télévisuel, les Seydoux, dont Jérôme, l'héritier froid et fidèle, assume désormais la mission, apportent capitaux, conseils et directives qui permettent à ces entreprises de médias de surmonter les obstacles. Propriétaire du groupe Chargeurs, Jérôme Seydoux accompagne *Libération* dans les bons et les mauvais jours, même s'il a récemment pris de la distance, tout comme il suit toujours, en ami, l'évolution de l'association SOS-Racisme créée par Julien Dray et ses camarades.

Les Seydoux et les Riboud sont des figures emblématiques. Ils incarnent – ils ont incarné – un courant du patronat, républicain, souvent issu de la Résistance, patriote, persuadé qu'une industrie forte servait la nation et – au bout du compte – les classes populaires. Ils ont tendu la main à la gauche syndicale et politique. Ils ont aussi, en dépit d'une gestion souvent réaliste et parfois brutale, assuré à leurs salariés des conditions de travail et de revenu plutôt meilleures qu'ailleurs, mettant en pratique, plus qu'on ne le disait dans les cercles radicaux, leurs idées sociales. Leur action visait à moderniser la gauche et aussi, de manière plus calculée, à favoriser au sein de la gauche les fractions les plus réformistes face à un parti communiste dominateur et sûr de lui. Eux et leurs émules se sont souvent retrouvés dans ces cercles réformateurs, comme le club Jean-Moulin dans les années 1960 ou encore la Fondation Saint-Simon dans les années 1980. Ils formaient la « fraction éclairée » du capital, prêchant pour le compromis avec les syndicats et la réforme sociale de l'entreprise.

Les choses ont bien changé... La révolution conservatrice initiée aux États-Unis est passée par là. Il y a encore des « patrons de gauche ». Soit qu'ils viennent des cabinets ministériels ou de l'administration, comme Jean Peyrelevade, longtemps patron du Crédit Lyonnais, ex-membre du cabinet de Pierre Mauroy, Louis Schweitzer, qui vient de quitter la direction de Renault et qui fut en son temps directeur de cabinet de Laurent Fabius, Louis Gallois, P-DG de la SNCF, ami de Jean-Pierre Chevènement, Jean-Cyril Spinetta, ancien militant socialiste qui dirige Air France. Ou encore Jean-Louis Beffa, P-DG de Saint-Gobain, industriel qui n'a rien d'un militant politique mais dont l'ouverture intellectuelle et le souci social le classent parmi les grands dirigeants soucieux de progrès collectif. Dans la nouvelle génération, Denis Olivennes, patron de la FNAC, ou encore Serge Wainberg, qui a épaulé François Pinault, tous deux anciens de chez Fabius témoignent d'une forme de continuité. Dans la publicité, nombre de dirigeants et de « créatifs », à l'instar de Jacques Séguéla, l'homme de la « Force tranquille » et d'Euro-RSCG, ont le cœur à gauche. Souvent leur jeunesse de « baby-boomer » les a frottés à la culture politique de Mai 68. Le sens de la provocation, de l'agit-prop, du slogan efficace et de la psychologie collective ont été transférés de la contestation à la communication. Les intéressés en ont gardé un sens de l'ouverture, de la tolérance, une allergie à toutes les formes de racisme et de brutallité sociale qui les classent sans conteste au centre gauche. La pub n'est pas « droitière » ; souvent elle vote à gauche. Elle aime la protestation, l'ironie, la dérision, toutes attitudes qui la relient plutôt au parti du mouvement qu'à celui de l'ordre.

Il y a aussi un pont entre les « pubeurs » et le petit univers des « branchés » où les codes, les références, les postures, sont par définition modernistes et ouvertes, tout en en incluant une symbiose totale avec l'économie de marché. Ce qui fait que le secteur de la communication, souvent mélangé aux tribus de la mode ou de la nuit, se partage sans douleur entre libéraux de droite et libéraux de gauche, sensibilités souvent confondues dans les mêmes personnes qui se prononcent non en fonction d'une conception générale (les idéologies, on le sait, disparaissent comme ensembles cohérents et articulés), mais au coup par coup, au gré de l'humeur et de l'actualité.

La gauche caviar a ainsi trouvé beaucoup d'adeptes dans les secteurs les plus branchés du capitalisme moderne, ce qui n'est pas une mauvaise chose en soi. Le problème, c'est que les conditions économiques ont radicalement changé. Au sein des entreprises, les managers ont perdu une grande partie de leur pouvoir d'arbitrage au profit des actionnaires. La « gouvernance d'entreprise » a instauré le culte de la « création de valeur », c'est-à-dire le souci exclusif du profit alors qu'auparavant un capitalisme de compromis tenait le haut du pavé. Les patrons de gauche, sous peine de disparaître ou de provoquer la déconfiture de leur entreprise, ont dû s'adapter au cours nouveau. Ils ont gardé leurs idées, leur sensibilité, mais le contraste avec leur vie quotidienne s'est brutalement accru. Leurs revenus, en général – et même s'ils ne faisaient pas preuve d'une rapacité particulière – ont soudain augmenté à un rythme vertigineux. Ils ont surtout été contraints de modeler leurs méthodes de gestion sur celles du capitalisme anglo-saxon. Lesquelles excluent radicalement tout esprit de cogestion des entreprises avec les salariés ou encore toute idée de « vocation sociale » de l'entreprise. Le marché règne en maître absolu : ainsi la condition salariale n'est-elle pas le fruit d'une volonté de compromis social au sein de l'entreprise ; mais plus crûment du rapport de force existant sur le marché du travail, lequel a été progressivement étendu à la planète entière. Ainsi l'originalité de la « gauche patronale » s'est vite dissoute dans la mondialisation libérale. La gauche caviar s'est réduite à une variante de l'élite mondialisée. Cela ne contribue pas, on s'en doute, à la rapprocher du reste de la population.

Tous les ans, « SOS », comme on dit, organise un dîner à la fois mondain et militant, qui est un autre rendez-vous de la gauche caviar. Celle-ci s'étend ainsi, grâce à ce compagnonnage, aux éléments prometteurs de la « beurgeoisie ». Gauche caviar et gauche tajine réunies : il y a là un mélange d'avenir qui verra peut-être, un peu à la manière de ce qui se passe aux États-Unis dans le parti démocrate, fusionner l'opinion progressiste avec les membres et les défenseurs des minorités. Aux dîners de SOS se rencontrent les réseaux qui ont longtemps agi dans le sens d'un mitterrandisme modernisé, aujourd'hui reconverti dans le soutien de la majorité du PS, pour imprimer au mouvement antiraciste une ligne modérée, « droit-de-l'hommiste », fondée sur l'entente entre ce qu'on appellera peu à peu les « communautés », noire, arabe et juive.

Ces dîners sont émaillés par la présence d'une autre figure de la gauche caviar capitaliste, homme plein d'énergie et d'habileté qui a fait fortune dans la mode et apporta longtemps à François Mitterrand puis à ses héritiers le concours d'un esprit vif et cultivé : Pierre Bergé. Ancien adepte de Stirner et de la gauche libertaire, amateur éclairé de musique et de littérature, cerveau et bras armé de Saint Laurent, milliardaire de la mode, Pierre Bergé devient lui aussi l'ami de François Mitterrand, qu'il aide non seulement en parrainant SOS-Racisme mais aussi en lançant sur sa cassette, dans les années 1980, le mensuel *Globe* dirigé par Georges-Marc Benhamou, magazine branché tout entier dévoué à la cause mitterrandienne. Pierre Bergé est proche de Laurent Fabius et se trouve donc marri de voir que son adversaire Lionel Jospin devient en 1995 le leader du PS et de la gauche. Il continue néanmoins à jouer le rôle d'une éminence vif-argent auprès de telle ou telle fraction de la gauche réformiste.

Voilà qui nous mène, à travers le réseau très efficace constitué autour de SOS, à un autre pilier de la gauche caviar, celui même qui pourrait aujourd'hui la symboliser à lui tout seul, l'intellectuel médiatique le plus connu de France : Bernard-Henri Lévy. Difficile de réunir à ce point les traits que nous décrivons depuis le début de cet essai pour définir notre gauche de l'élite. BHL est riche, très riche même, une fortune venue de son père, entrepreneur de la filière bois qui a cédé sa société à François Pinault, le propriétaire du groupe PPR, milliardaire de la mode et de la distribution. Bernard, philosophe qui a les pieds sur terre, a su faire fructifier avec beaucoup d'habileté ce patrimoine hérité. Il peut ainsi consacrer du temps à ses entreprises littéraires et culturelles. Il peut aussi se lancer dans la défense de causes diverses et le plus souvent justes, courant le monde de Kaboul à Sarajevo, de Karachi à Alger, de Marrakech à Saint-Paul-de-Vence. Comme le dit Arielle Dombasle sa compagne, avec un sourire ironique : « Bernard va en Bosnie et moi chez Saint Laurent. » On comprend que BHL, parfois, irrite.

Il eût posé à n'importe quel pouvoir tyrannique un problème redoutable : on a rarement vu un réseau aussi nombreux et bien organisé. Paris sous BHL est un peu comme l'Amérique du feuilleton *Les Envahisseurs*. De même que les Martiens y occupent, sans qu'on le sache, les professions les plus variées et qu'on en découvre sous l'uniforme du pompier, du maçon ou du général, on s'aperçoit dans le Paris médiatique que tel journaliste, tel critique, tel éditeur, tel patron ou tel homme politique est lui aussi, sans qu'on le sache, un proche de BHL. Ces ramifications multiples assurent aux productions béhachéliennes un retentissement spontané, avant même qu'on ait le temps de les évaluer vraiment. Parfois le réseau est pris à contre-pied. BHL ne réussit pas aussi bien dans tous les domaines. Ses amis avaient commencé à louer à son de trompe le film qu'il avait réalisé au Mexique. Las ! L'opus, de l'aveu même de l'auteur aujourd'hui, était un ratage cosmique. La critique le dit haut et fort. Les flatteurs se retrouvèrent ainsi surpris en terrain découvert, ayant dégainé trop tôt le pistolet à confiture.

Mais, pour le reste, on se gardera d'adopter le ton hargneux, quand il n'est pas haineux, qui accompagne si souvent la critique de l'écrivain à la chemise blanche. Après tout, BHL aurait pu se contenter, comme il avait commencé de le faire, de jouir de ses millions entre filles déliées, boîtes de nuit branchées et destinations de rêve. Les démons de la littérature et de la politique le travaillaient. Il en a tiré la gloire cathodique, un rôle dans Paris, une influence. Mais il a pris beaucoup de coups, de risques et de sarcasmes. Tout cela pour quoi ? Pour des idées parfaitement respectables. Un sens de l'humain, un culte de la liberté dirigé contre les émules de Staline et de Mao, une mobilisation contre l'intolérance, un éloge de la culture. On a vu des intellectuels beaucoup plus fourvoyés. Ceux qui lui font la leçon, souvent, se sont illustrés en auxiliaires des moines soldats sanglants qui ont sévi en URSS, au Cambodge, en Chine ou dans le terrorisme international. BHL est un publiciste, au sens du XIXe siècle, aux idées antitotalitaires et antiracistes. Si l'on s'en tient au critère de Julien Benda – les penseurs et les écrivains doivent illustrer toujours les grandes valeurs universelles – BHL est un clerc qui n'a pas trahi.

Deux faiblesses, toutefois. BHL met d'abord tant d'activité dans la gestion de ses réseaux, s'appuyant à la fois sur des services rendus et sur ses liens avec les propriétaires de médias, qu'on finit par se demander si cet extraordinaire savoir-faire dans le faire-savoir ne s'étend pas aussi aux livres eux-mêmes. Quand on accorde tant de place à la promotion, on court le risque de faire passer les livres eux-mêmes pour des objets promotionnels. « Tout ça, dira le public, c'est du marketing. »

Chaque auteur, bien sûr, est attentif à la réception de ses livres, à leur exposition médiatique, à leurs chiffres de vente. Chaque auteur rêve d'une émission prestigieuse, d'articles favorables, d'une notoriété éclatante. Et beaucoup, il faut le dire, comptent autant que BHL sur leurs amis pour faire parler d'eux. Mais le « nouveau philosophe » a poussé ce système à un tel degré qu'il suscite, au bout du compte, la méfiance. Les journaux et les médias audiovisuels, en principe, doivent juger des livres selon des critères indépendants, sinon impartiaux. L'organisation méticuleuse d'un lancement, quand elle est à ce point affaire de relations et de clans, fausse le jeu naturel du débat public. Les idées, selon ce régime de promotion maximale, ne sont plus jugées pour ce qu'elles valent mais en fonction de celui qui les émet. Et chez le lecteur quelque peu averti des mœurs du sérail (il y en a beaucoup), la suspiscion s'installe. BHL défend des idées vraies à l'aide de recettes artificielles. Les idées, *in fine*, en pâtissent.

En second vient un défaut qui dépasse largement la personne de l'essayiste. Chacun peut évidemment choisir les sujets qui lui plaisent, se spécialiser dans tel ou tel domaine. Mais un philosophe prétend aussi à la généralité. Quand il intervient dans le débat public, il défend plus une conception du monde que tel ou tel avis technique sur des problèmes précis. Il n'est pas un expert : il prétend au rôle d'intellectuel. Or les intellectuels français ou plutôt les publicistes, dont BHL est le porte-étendard, présentent une carence permanente : ils se passionnent pour tout sauf pour le social. La Bosnie, l'Afghanistan, la Tchétchénie, l'antiracisme, la guerre en Irak, le voile islamique, les principes républicains ou la défense de la culture : autant de justes et belles causes. Mais autant de causes partielles, en grande partie extérieures à la vie des gens, à leurs soucis, à leur peine, à leur souffrance. Point de provincialisme ou de chauvinisme dans cette réflexion. Jusque-là, la gauche – et donc la gauche caviar – faisait l'effort de penser ensemble les affaires du monde, qu'elles soient culturelles, sociales ou économiques. On tentait d'unifier la pensée pour faire converger les efforts politiques et militants. La lutte pour la liberté, la tolérance, la paix, n'était pas séparée du combat pour l'égalité. À partir de la fin des années 1980, tout change. Le tournant de la rigueur, trop accentué, trop célébré, finit par délégitimier la lutte sociale, vite identifiée à la défense d'acquis condamnés, d'utopies funestes, de dérapages financiers. Celui qui parle social apparaît comme un nostalgique, un ringard, un fâcheux. Les grandes affaires de l'heure sont internationales ou bien culturelles. La souffrance sociale ? Une préoccupation de syndicaliste mal fagoté. La critique des inégalités du capitalisme ? Une vieillerie ! La grève, la manifestation aux portes des usines, l'organisation des travailleurs ? Une survivance glorieuse mais poussiéreuse, un héritage fané du Front popu. On déplore la « Défaite de la pensée », « L'idéologie française », le « Munich de la Bosnie », la « lepénisation des esprits ». On exalte la mondialisation, le cosmopolitisme, l'Europe monétaire, la technologie, l'informatique, Internet et le métissage. Toutes choses précieuses mais finalement partielles. Le social ? L'injustice ? L'inégalité ? Devant cette abstention, l'extrême gauche s'empare du sujet pour en conquérir l'étrange monopole. Au milieu des années 1990, l'altermondialisme prend son essor. Puis se déclenche la grande grève du secteur public de décembre 1995. Deux phénomènes ignorés, mal compris, mal vécus par la gauche réformiste et, partant, par la gauche caviar. Ceux qui se présentent comme « les intellectuels français » ignorent ces phénomènes. C'est un revenant de l'ancienne période, survivant des années 1970, qui se projette sur le devant de la scène : Pierre Bourdieu, dont le premier soin, bien sûr, est de fustiger la « fausse gauche », la « noblesse d'État », les technocrates et les socialistes mondialisés. Et donc la gauche caviar.

À ce défi, ni BHL, ni d'autres « philosophes médiatiques » ne se soucieront de répondre, sinon par l'anathème et l'ironie, en agitant sans résultat l'épouvantail du « populisme ». Était-ce une tâche impossible ? Une mission réservée à des cercles militants ou altermondialistes ? Certes non. Une revue comme *Esprit*, par exemple, héritière du christianisme social, antitotalitaire et de centre gauche, remettra vite la question sociale et urbaine au centre de ses réflexions et produira des thèses d'une grande qualité. Mais elle n'a pas la visibilité de nos intellectuels médiatiques qui, eux, continueront d'ignorer superbement le social, c'est-à-dire la vie concrète des Français. Nous sommes là au cœur de l'erreur de la gauche caviar. Une erreur essentiellement idéologique et politique : avoir laissé aux libéraux le champ libre dans l'ordre économique et social. Une bataille décisive se livrait sur ce terrain. Devenus hégémoniques dans ce domaine, les partisans d'une mondialisation sauvage allaient s'engouffrer dans la brèche, laissant volontiers la vedette à ceux qui, par leur désertion des questions essentielles pour le peuple, ne les gênaient plus dans leur combat politique. L'extrême gauche restait dans cet affrontement seule en lice. Dans ce paysage bouleversé, la « nouvelle philosophie », il faut bien le dire, n'est plus qu'une vieille lune. La « gauche moderne » a pris dix ans de retard.

La gauche caviar a d'autres « penseurs médiatiques » (quoique l'expression soit quelque peu contradictoire). Mais là aussi la donne a changé. L'un des plus brillants et des plus prometteurs était à l'origine Alain Minc. Inspecteur des finances agile et cultivé, esprit fin, homme de fidélité dans sa vie professionnelle et personnelle, Alain Minc était le fils spirituel de Simon Nora, haut fonctionnaire mendésiste récemment disparu, ancien résistant, homme de forte conviction, qui fut le modèle de toute une génération de serviteurs de l'État dévoués au progrès social et à la modernisation économique. Coauteur, avec son mentor, d'un rapport sur « l'informatisation de la société » dans les années 1970, Minc fut d'emblée un jeune homme à la mode dont les idées et l'entregent en firent un espoir scintillant de l'establishment parisien. Il devint conseiller des grands patrons et essayiste à succès, distillant au fil d'ouvrages clairs et accessibles une pensée démocratique, réformiste et moderne qui plut à l'opinion. Il eût pu ainsi figurer au zénith d'une gauche caviar décidée à puiser dans la compétence et la fréquentation de la haute industrie des projets efficaces pour le progrès social. Las ! L'emprise du libéralisme fut la plus forte. Plutôt qu'un héritier contemporain des experts mendésistes des années 1950 et 1960, Minc est devenu le chantre de la « mondialisation heureuse », selon le titre d'un de ses ouvrages où l'esprit critique envers les injustices d'aujourd'hui ne souffle pas en tempête. Conséquent, il opta en politique pour le ralliement à Édouard Balladur, personnage respectable mais louis-philippard en diable qu'un Jacques Chirac décalé sur la gauche (comme on dit au rugby) battit en fin de seconde mi-temps de l'élection de 1995. Depuis, ami et conseiller de nombre de patrons, Minc a quitté sans amertume ni drame la famille de la gauche pour défendre les couleurs d'un libéralisme ouvert et tolérant. C'est son choix. La gauche caviar y a perdu celui qui aurait pu l'illustrer mieux que beaucoup d'autres.

D'autres figuraient à l'origine dans cette mouvance, parmi les jeunes gens d'avenir et de talent. Alain Finkielkraut, philosophe et essayiste inspiré, gardien fiévreux d'une certaine tradition du savoir élitiste, de la laïcité des Lumières alliée à une critique virulente de la modernité, aurait pu garder, en quelque sorte, le flanc républicain du camp progressiste. Un temps lié à l'extrême gauche, professeur à l'École polytechnique, directeur de revue, producteur à France Culture, orateur qui rappelle ce que devait être aux yeux des Athéniens mystifiés la pythie de Delphes, toute en convulsions nerveuses et en sentences hiératiques, Alain Finkielkraut avait lui aussi toutes les qualités pour porter l'étendard d'un progressisme lucide et d'un ardent combat pour l'école républicaine. L'ennui est que ses penchants se sont développés du mauvais côté. Sans doute a-t-il fréquenté trop assidûment Heidegger, qui ne voyait dans le développement de la technique qu'« oubli de l'être » et abaissement de la civilisation (et dans le nazisme une incarnation un peu exagérée de ses thèses). Sans doute aussi a-t-il été victime d'une propension à jouer le personnage d'Alceste, atrabilaire donneur de leçons, penseur misanthrope allergique à l'optimisme. En tout cas la détestation, chaque année plus aiguë, de ce qu'il appelle « la bien-pensance » (ce qui veut dire la gauche), l'ont, lui aussi, éloigné de sa famille d'origine. Alain Finkielkraut a rompu avec « les faux-semblants de la gauche » et les conformismes d'une certaine intelligentsia progressiste. Attitude légitime puisqu'elle correspond à des convictions profondes. Alain Finkielkraut s'est gardé de se fondre dans l'intelligentsia de gauche : il est simplement passé à droite. Chose à la fois respectable et banale.

Fort heureusement, des universitaires et des philosophes maintiennent la tradition de la pensée progressiste et parisienne à la fois. Ils font évidemment partie de la gauche caviar, même si leur appétit télévisuel et leurs penchants mondains sont beaucoup moins frénétiques. Jean Daniel et Jacques Julliard poursuivent l'œuvre entamée depuis longtemps. Alain Touraine, Edgar Morin, Mona Ozouf, continuent un travail essentiel en sociologie, en philosophie ou en histoire. Pierre Rosanvallon, aidé de Thierry Pech, a fondé, avec « La République des Idées », petite collection d'ouvrages courts qui ont presque tous touché juste dans l'analyse critique de la société française, un instrument de renouveau décisif pour la pensée progressiste. La deuxième gauche, dans cette aventure, peut trouver un second souffle.

C'est la poursuite d'une longue tradition. La gauche caviar de la pensée a trouvé une illustration brillante dans une lignée de sociologues, d'historiens et de penseurs en science politique regroupés autour de l'École pratique des hautes études, des éditions du Seuil ou de Gallimard, des revues *Esprit* ou *Le Débat*, du *Monde*, de *Libération* et... du *Nouvel Observateur*. Sortis souvent tôt du communisme, plusieurs historiens parmi lesquels se détache la figure fondatrice de François Furet réussissent à extraire la discipline historique de la gangue marxisante où les historiens paracommunistes l'avaient encastrée. Démontrant que la Révolution française, tourbillon d'événements où la volonté des hommes et le mouvement autonome des idées jouaient un rôle aussi important que les classes sociales, ne correspondait pas, dès lors, au schéma hérité de Karl Marx, Furet libérait de l'orthodoxie PCF ou structuraliste une grande partie de la recherche. Une nouvelle école d'historiens voyait le jour, tout comme la sociologie des mouvements sociaux d'Alain Touraine servait de précieux contrepoint à la liturgie bourdieusienne. Affranchie du dogmatisme, la pensée de gauche pouvait s'évader vers d'autres concepts, d'autres hypothèses, d'autres conclusions. À la grande fureur des prêtres de la « vraie » gauche, cette pensée plus souple et plus démocratique a conquis le haut du pavé. À cette entreprise de libération, la gauche caviar, projection plus légère de la gauche réformiste de la pensée, a apporté sa contribution.

L'aventure continue avec les nouvelles générations. Autour des *Inrockuptibles* un groupe de journalistes et d'intellectuels poursuit l'œuvre historique du rocardisme, qui consiste à établir un pont entre les gauches radicale et réformiste, cette fois sur fond de culture rock. Avec *TOC*, périodique malin et ouvert lancé par un petit noyau proche de SOS-Racisme, d'autres militants cherchent à renouveler les idées et les postures progressistes. Philippe Val dans *Charlie Hebdo*, proche de la gauche caviar même si le style de son journal est plus agressif et satirique, tient une ligne courageuse, n'hésitant pas le cas échéant à prendre ses lecteurs à rebrousse-poil. Dans la revue *Pro-choix*, Caroline Fourest et Fiametta Venner défendent une laïcité rénovée, modernisée, qui a une connotation militante de bon aloi. À l'université, dans les centres de recherche, de nouveaux groupes de trentenaires et de quadras assurent la relève de la réflexion sociologique, économique ou internationale. Plus en prise avec la réalité sociale que leurs aînés, ils tendent à en corriger les erreurs, qui tiennent essentiellement, comme on le verra dans le chapitre suivant, dans l'oubli relatif de la question sociale...

La gauche caviar a évidemment ses représentants en politique. Ils sont même fort bien placés et, si le sort leur est favorable, on pourrait bien en retrouver un à l'Élysée... De tous les prétendants possibles ou proclamés au pouvoir suprême à gauche, aucun n'est d'origine ouvrière. Aucun. Lionel Jospin est énarque et d'une famille d'enseignants, Ségolène Royal énarque et fille de militaire, François Hollande énarque et fils de médecin, Laurent Fabius énarque et fils d'antiquaire, Jack Lang professeur de droit, Dominique Strauss-Kahn professeur d'économie et fils de la petite bourgeoisie. Dominique Voynet est biologiste, Bernard Kouchner médecin, José Bové agriculteur. Olivier Besancenot et Marie-Georges Buffet eux-mêmes, quoique les plus modestes par les origines, n'ont jamais mis les pieds dans une usine : ils sont tous deux fonctionnaires. Seule Arlette Laguillier se rapproche quelque peu de la classe ouvrière, bien qu'elle soit, en fait, employée de banque à la retraite. Cette particularité sociologique assure-t-elle le triomphe de la gauche caviar dans le monde politique ? Pas du tout. Certes, elle compte plusieurs représentants dans ce peloton de tête. Mais ce sont précisément ceux qui, aujourd'hui, rencontrent le plus de difficultés et qui devront, pour surmonter les obstacles jusqu'à la présidentielle, se hisser très au-dessus d'eux-mêmes.

Même s'il habite près de Montparnasse et possède une petite maison à l'île de Ré, on ne classera pas Lionel Jospin dans les rangs de la gauche caviar. Peut-être à cause de son côté prof, à cause de son austérité de style, en raison de son passé de militant trotskiste et de sa rigueur légendaires. Jospin n'a rien d'un personnage mondain, d'un leader à paillettes, ce qui suscite d'ailleurs un grand respect chez l'électeur, au-delà des reproches qu'on peut lui faire pour son caractère quelque peu rigide. De même Ségolène Royal, qui habite dans l'ouest de la capitale, s'habille de façon plutôt bourgeoise, doit à son itinéraire de militante, son origine provinciale et sa foi dans les valeurs familiales qu'on ne la compte pas directement dans la troupe. Pas plus que François Hollande, qui cultive le style simple de l'élu convivial et du responsable aimable et compétent. Quoique plutôt prospères, amis des intellos, familiers de la culture, Ségolène et François, on le sent d'instinct, sont de gauche mais ne sont pas vraiment « rive gauche ». Le succès de la première, éphémère et durable, doit d'ailleurs beaucoup à cet enracinement provincial, étranger aux élites parisiennes. Signe des temps...

Non, la gauche caviar en politique s'incarne avant tout dans quatre personnages séduisants qui jouent dans les jeux de la gauche un rôle de premier plan et qui agacent en même temps par leur style et leur mode de vie. Bernard Kouchner est sans doute le plus sémillant. Médecin, formé au Quartier latin dans les rangs de l'Union des Étudiants communistes, pépinière de la gauche soixante-huitarde et critique, Kouchner choisit très vite une voie solitaire et, à bien des égards admirable, l'action humanitaire. C'est pour lui qu'a été inventée l'expression « un tiers-mondiste, deux tiers mondain ». Il est vrai que Bernard Kouchner, avec sa compagne Christine Ockrent, habite près du Luxembourg, passe ses vacances dans un domaine corse plutôt luxueux et fréquente le Tout-Paris. Il est vrai que le médecin du monde aime la vie parisienne, l'amitié, les chansons, les dîners chic, les avant-premières et la proximité des artistes et des intellectuels. Il est tout autant beau parleur, attaché à sa propre notoriété comme à son confort. Mais ceux qui s'arrêteraient là se tromperaient lourdement. En créant avec d'autres Médecins sans frontières puis Médecins du monde, Kouchner a provoqué un tournant dans le militantisme de gauche et une coupure dans la conception que les démocraties avaient des relations internationales. Excusez du peu. En proclamant qu'il n'y avait pas de bonnes et de mauvaises victimes, que l'action solidaire des individus valait mieux que les calculs de la realpolitik révolutionnaire ou étatique, que rien, pas même le caractère progressiste d'un régime, ne pouvait justifier qu'on interdise l'acheminement des secours, Bernard Kouchner a contribué à délégitimer le Léviathan totalitaire et soulagé dans le même temps des dizaines de milliers de malades et de blessés. Les « French Doctors », qu'il a inventés avec deux ou trois autres, sont devenus un mythe international et les meilleurs ambassadeurs du « pays des droits de l'homme ». Kouchner a toujours fait montre d'un courage physique qui en imposait au plus audacieux des grands reporters, il a remué ciel et terre pour les damnés du monde, il a alerté l'opinion en faveur d'innombrables victimes et administré le Kosovo sortant à peine de la guerre civile. Son action et son influence ont même provoqué la modification de la charte des Nations unies en consacrant le « droit d'ingérence » pour lequel il s'est battu toute sa vie.

Jack Lang, lui aussi, possède une impressionnante surface mondaine. Domicilié place des Vosges, il est toujours habillé avec la discrétion raffinée d'un Brummel du socialisme. Son sens du spectacle, son omniprésence à Paris et dans les festivals internationaux, son large réseau d'amitié dans la culture, le placent au premier rang de la gauche caviar politico-culturelle. Mais lui aussi rachète facilement ce qui passe pour des défauts. Sa popularité chez les jeunes et les ouvriers est constante. Sa facilité de dilettante repose sur un labeur acharné. Il possède un grand sens politique, et une aura d'élu de terrain en dépit de son parisianisme. Le bilan de son passage rue de Valois est parfois attaqué. Pourtant la plupart des spécialistes admettent que l'histoire de la culture dans la République a pris un tournant à cette époque. Après André Malraux sous de Gaulle, Jack Lang sous Mitterrand a transformé la politique culturelle de l'État français.

Dans les années 1970, Dominique Strauss-Kahn était un universitaire à barbe et à lunettes, féru de courbes statistiques et de réformes socialistes. Son intelligence aiguë, ses amitiés parisiennes et patronales, le classent sans difficulté dans notre catégorie. Sa réussite politique et son mariage avec Anne Sinclair en ont fait un personnage médiatique familier des événements de la capitale autant que des objectifs des photographes. Peut-être à cause de sa facilité et de ses amitiés, il traîne une réputation de légèreté, de dilettantisme qui pourrait le handicaper. L'ennui, c'est que son passage au ministère de l'Économie a été couronné d'une réussite, là où toutes sortes d'excellences ultracompétentes, laborieuses et ternes ont échoué avec une régularité d'horloge.

Fils d'antiquaire, surdoué du diplôme, habitant près du Panthéon et s'habillant avec une nonchalance toute britannique, Laurent Fabius est souvent présenté comme le parangon de la gauche bourgeoise.

Dans *Les Blessures de la vérité*, Laurent Fabius s'est expliqué lui-même, avec beaucoup d'éloquence, sur sa condition de « socialiste bourgeois ». Après avoir précisé la situation exacte de sa famille, aisée sans être richissime, prospère mais étrangère, en fait, aux us et coutumes de la grande bourgeoisie, il enchaîne : « On n'est pas nécessairement ce qu'on naît. Cette rupture avec la société de castes est une conquête de la Révolution française ! Le mouvement ouvrier a été peuplé, dans son histoire, de ces "fils de bourge" qui, au lieu de profiter confortablement des avantages dont ils avaient hérité, se battaient pour un monde meilleur.

Cette trajectoire-là est après tout plus sympathique que l'inverse. (...) Un jour, quelqu'un écrira une thèse sur les fils de bourgeois ralliés au camp du progrès, de Marx à Mitterrand, par exemple. Je livre ceci à sa réflexion : qu'il cherche ce je-ne-sais-quoi qui a fait de ces familles des outsiders de la classe dont elles possédaient certains signes extérieurs de richesse. C'est peut-être cette différence qui porte en elle le germe d'engagement de ses enfants. » Le modernisme qu'il a longtemps prôné, depuis qu'il est entré, à l'âge de trente-six ans, à Matignon, a renforcé cette image de « social-libéral ». Elle gêne une consécration qui devait à ses yeux venir d'elle-même, tant il a démontré au pouvoir et dans l'opposition son talent et sa compétence. Les facilités dont l'ont doté sa famille et la nature l'ont longtemps fait prendre pour un personnage trop lisse, trop doué et trop favorisé. L'injustice insigne qu'a représentée pour lui le scandale du sang contaminé a changé tout cela. Pris pour bouc émissaire d'une affaire où il s'est comporté avec honneur et célérité, il a fait preuve d'un grand courage.

On le disait incapable de prendre des risques politiques. Les choix qu'il a faits au moment du vote sur le projet de traité constitutionnel européen, aussi contestables qu'ils apparaissent aux proeuropéens, démontrent en tout cas qu'il peut mettre en jeu sa carrière sur une décision. Optant pour le non, il a désorienté beaucoup de ses partisans et suscité l'hostilité d'une grande partie de l'establishment. Il a conquis néanmoins, en gauchissant son image, une position alternative au sein du PS qui le met en situation de mieux unifier la gauche et de rallier un électorat que la réputation libérale du texte constitutionnel avait heurté au plus profond. Mis en minorité dans son parti, mal aimé des sondages, mal vu d'une classe dirigeante par hypothèse européenne, Fabius s'est taillé un personnage de leader audacieux et sûr de lui qui préserve toutes ses chances.

Quatre hommes de valeur et pourtant, quel que soit leur destin, quatre hommes qui doivent affronter un handicap supplémentaire. Notre promenade a donné de la gauche caviar une image nuancée, plutôt favorable et sans doute inattendue. Pour l'opinion d'aujourd'hui, cette gauche bourgeoise est pourtant en accusation. Les quatre hommes dont nous venons de parler devront se défaire pour réussir de leur tunique de Nessus, serait-elle bien coupée. À vrai dire, il y a de très bonnes raisons à ce décalage entre réalité et perception. La gauche caviar, nous l'avons montré, a joué un rôle positif dans l'Histoire. Mais elle a cessé de le faire dans les années 1990. Déjà éloignée du peuple par son mode de vie, elle s'en est franchement coupée dans les deux dernières décennies. Il faut maintenant expliquer pourquoi.

Ainsi cette histoire arrivera-t-elle à un diagnostic sévère mais juste.

Juste mais sévère.

10

Voici l'histoire d'une chute.

Avant de la raconter, reprenons notre démonstration : en dépit de ses contradictions, de ses afféteries, de son mode de vie qui agace et de ses paradoxes qui exaspèrent, la gauche caviar a apporté à la gauche le concours de son entregent et de sa compétence. Par les réformes réalisées, les victoires politiques engrangées, la présence au pouvoir en 1936, en 1945, en 1954 ou en 1981, cette gauche bourgeoise peut se flatter d'avoir participé à un mouvement historique authentiquement populaire. L'héritage de ces victoires survit. Il est considéré, souvent par ceux-là mêmes qui l'avaient dénigré à l'époque, comme un précieux patrimoine. Tout irritante qu'elle était, la gauche caviar a donc joué un rôle bénéfique.

Pour l'essentiel, ce n'est plus le cas. Elle a lâché la rampe, elle s'est coupée du réel, elle a dérivé loin des aspirations populaires. Sous prétexte de ne pas céder au « populisme », elle a oublié les intérêts légitimes du peuple. Dans le ressentiment exprimé à son égard, il y a, désormais, plus que les critiques de droite et d'extrême gauche. On lui en veut pour autre chose, quelque chose de plus grave que ses contradictions habituelles. Que s'est-il passé ? Une chute, précisément.

La gauche caviar a continué son utile magistère jusque dans les années 1990. Elle était l'héritière de ce mouvement modernisateur né à la Libération, hanté par la défaite de 1940, qui voulait relever la France sur la base de principes solidaires et d'une politique économique volontaire. Il en sortit l'extraordinaire développement des Trente Glorieuses. La croissance des années 1950, 60 et 70 alliée à la conclusion d'un nouveau compromis social, plus jacobin que social-démocrate, fut le résultat de cette entreprise. Les intellectuels rattachés au courant mendésiste et à la « nouvelle gauche » furent aussi ceux qui se mobilisèrent pour la paix en Algérie. Au total, cette gauche bourgeoise, donc, contribua au développement rapide du pays et à son désengagement de la guerre coloniale. Juste position morale et belle réussite économique, qui tient aux efforts de toute la société française, à la lucidité de la IVe et de la Ve République, toutes deux modernisatrices, mais aussi à l'influence de l'élite progressiste qui est le sujet de ce livre.

La même élite suit dans les années 1960 et 70 les efforts d'unité et de rénovation de la gauche non communiste. Aussi quand François Mitterrand arrive au pouvoir en 1981, après de longues décennies de pénitence, les mêmes experts, ou leurs héritiers, se mettent au service de l'expérience nouvelle. Autour de Mauroy, de Delors, de Rocard, ces « technos » de la « deuxième gauche » s'efforcent de réaliser – ou de soutenir quand ils sont hors du pouvoir – les 110 propositions du candidat Mitterrand. Très vite, voyant les risques d'un dérapage économique et financier suscités par des dépenses excessives et un étatisme trop rigide, ils crient casse-cou. Dans les cabinets de Matignon et de Rivoli, dans les cercles économistes, à l'*Obs*, au *Monde* ou à *Libération*, la même gauche exerce son influence en faveur de ce qu'on appelait à l'époque « la rigueur », c'est-à-dire en faveur d'un cours politique et économique plus réaliste, qui cesserait de cultiver le mythe de la « rupture avec le capitalisme » et arrimerait la France à l'Europe.

Le « tournant de la rigueur » étant négocié en 1983 par François Mitterrand sous la pression de Pierre Mauroy, de « la gauche bourgeoise » – et de la réalité –, la politique socialiste prend, sous la direction de Laurent Fabius, une orientation plus réformiste, plus sociale-démocrate. Préservant les acquis de mai 1981 mais adoptant un style et une politique résolument contemporains, le parcours du jeune Premier ministre débouche sur une défaite honorable de la gauche en 1986.

Les fautes de Jacques Chirac à Matignon, l'allergie déjà perceptible de la société française au libéralisme, dont se réclame une droite rajeunie, provoquent la victoire personnelle de François Mitterrand en 1988 et le retour des socialistes au pouvoir. Au début, Michel Rocard à Matignon conduit une expérience réformiste réussie, poursuit les réformes sociales, obtient l'apaisement en Nouvelle-Calédonie, fait diminuer significativement le chômage. Mais après son départ en 1991, chassé par un Mitterrand qui ne l'avait nommé que pour « lever l'hypothèque rocardienne », les choses se gâtent franchement. La croissance s'arrête, les affaires politico-financières occupent le devant de la scène, la libéralisation financière réalisée par Pierre Bérégovoy, sans doute nécessaire, heurte la tradition de la gauche française. Tout cela crée un climat de corruption diffuse, de reniement social et de cynisme politique. La gauche est écrasée en 1993, dans le découragement.

Elle revient miraculeusement au pouvoir en 1997, de nouveau à cause des erreurs grossières de Jacques Chirac, qui se fait élire sur le thème de la « fracture sociale » mais tourne aussitôt le dos à son projet, provoque le vaste mouvement social de 1995 et croit se tirer d'affaire en dissolvant l'Assemblée nationale. Rigoureux, habile, déterminé, Lionel Jospin réalise pendant trois ans un parcours brillant. Le chômage diminue, les réformes s'accumulent, la politique commence d'être réhabilitée. Mais dans les deux dernières années, plusieurs erreurs, une conjoncture moins favorable et un ralentissement de l'élan réformateur aboutissent au désastre de 2002. La gauche est éliminée au premier tour. Catastrophe politique. Le désarroi est immense et la légitimité même de la gauche est mise en cause. Depuis, la calamiteuse prestation de Jacques Chirac au pouvoir rend vite ses chances à l'opposition. Mais on voit qu'un ressort est cassé, que le PS suscite une adhésion intermittente et molle, que l'extrême gauche tire l'opposition vers l'impasse, que le peuple regarde ses représentants de principe avec plus de scepticisme que d'espoir, quand ce n'est pas avec ressentiment.

Et de plus en plus, parlant de la gauche de gouvernement, on entend dire avec un ton vindicatif : « De toute manière, c'est la gauche caviar. »

D'où vient ce rejet des élites progressistes ? D'où vient que l'électorat de principe de la gauche l'ait largement abandonnée, que la gauche profonde n'aime plus ses représentants, que l'effort des socialistes pour formuler une politique claire soit entouré du plus grand scepticisme ? D'abord et avant tout d'une faute psychologique qui recouvre une grave erreur intellectuelle. La gauche caviar, géographiquement, vivait éloignée des classes pauvres. Par un étrange processus, elle décida, de surcroît, de s'en couper politiquement. Et cela à travers une opération culturelle et idéologique d'une tragique frivolité : l'escamotage du peuple. Comme le magicien, d'un coup de baguette, fait disparaître la jeune fille dans l'obscurité d'une caisse de bois, la gauche caviar a escamoté le peuple.

Elle s'en était gardée jusque-là. Pendant la Révolution, la mystique du peuple servait de boussole et d'étendard. La Fayette, Condorcet, Necker, le duc d'Orléans et même Talleyrand s'y référaient naturellement. C'est en son nom qu'on agissait, même si l'on était loin de partager sa vie et ses souffrances. On instaurait la démocratie, c'est-à-dire, même sans lui, le pouvoir du peuple. À la suite des grands ancêtres de 1789 et 1792, Lamartine, Dumas, Sue, Victor Hugo, Zola, Clemenceau, tous ceux que nous avons cités et bien d'autres, tout en vivant comme des bourgeois, faisaient l'éloge du peuple et prenaient sa défense. C'était même leur raison d'être : vivre en haut de la société mais tendre la main à ceux d'en bas. Après eux les socialistes s'appuyèrent sur la classe ouvrière et plus largement sur les couches populaires. Souvent, responsables et élus n'étaient pas des ouvriers. Mais ils se battaient en leur nom, les représentaient, cherchaient à les mobiliser. Jaurès, Blum et même Mitterrand fondaient aussi leur action sur cette légitimité-là, retrempée régulièrement non seulement dans les élections mais aussi dans de grandes cérémonies rituelles, manifestations, meetings ou réunions.

À partir des années 1980, tout change. Le « peuple

de gauche », auquel se réfère encore Mauroy, est vite moqué comme une notion désuète, un héritage du passé. La classe ouvrière, expression qui fleure bon son Front populaire, est remisée au musée des glorieux souvenirs. La sociologie, dit-on, a constaté l'effacement des ouvriers. L'industrie n'a plus la place d'antan. Une économie de services, poursuit-on, se met en place sous l'effet de la division internationale du travail. On en déduit abusivement que les ouvriers sont en voie de disparition. En fait, la réduction de leur nombre est très lente. Aujourd'hui encore, ils sont plusieurs millions et représentent le groupe social le plus nombreux. Ils sont, de surcroît, rejoints au bas de l'échelle sociale par des salariés employés dans le commerce et les services dont les conditions de travail sont aussi dures que celles des salariés d'usine. Différent, divisé, dispersé, le peuple est toujours là. Mais on ne le remarque plus. On ne le voit plus.

Ces sociologues soi-disant modernes furent écoutés parce qu'ils justifiaient un désamour. Entre-temps, le Front national a connu ses premiers succès. Pour une gauche contrainte au milieu des années 1980 de faire passer au second plan la question sociale – elle doit s'atteler à la restructuration de l'économie – l'antiracisme est une idéologie de rechange. Présent depuis toujours dans le patrimoine de la gauche mais souvent subordonné à l'analyse de classe, l'antiracisme passe au premier plan. Faute de pouvoir promettre des lendemains sociaux qui chantent, on fait courir dans les rangs de la gauche le frisson héroïque de l'antifascisme. La question raciale remplace la question sociale. L'antilepénisme se substitue à l'anticapitalisme. En même temps qu'on se réconcilie avec le marché, on crie au retour de la « bête immonde ».

Dans l'imaginaire politique, l'immigré opprimé par les racistes prend la place du prolétaire exploité. À cause du « tournant de la rigueur », la gauche s'arrange avec les patrons. Le prolétaire, lui, devient suspect. Dans les banlieues pauvres, en effet, le conflit latent entre les ouvriers et employés présents à l'origine et les nouveaux arrivants venus du Maghreb ou d'Afrique explose brutalement. Les heurts se multiplient et, en quelques années, le Front national conquiert en grande partie les bastions électoraux jusque-là tenus par le parti communiste. Isolé, il ne parvient jamais à réunir les coalitions qui le porteraient au pouvoir municipal ou national. Mais il réalise des scores inquiétants qui en font l'une des forces politiques majeures du pays.

Comme ce vote est souvent ouvrier, comme les pauvres expriment comme ils peuvent, c'est-à-dire souvent mal, leur angoisse devant la fragmentation sociale qui les rejette parmi les immigrés, le peuple, jusque-là messianique, devient un groupe embarrassant et opaque. Autrefois magnifié, il est désormais symbolisé par le personnage du « beauf » imaginé par le dessinateur Cabu, gros homme à moustache hérissé de préjugés, agressif et xénophobe. Autrefois investi d'une mission historique émancipatrice, son image se brouille aux yeux mêmes des élites de gauche. Le peuple disparu, la représentation de la société devient erratique. Les riches conquièrent la légitimité de la télévision, les salariés se scindent en groupes rivaux, les pauvres sont souvent des membres des minorités ethniques. Dans l'esprit public, plus influencé par les médias que par une rigoureuse sociologie, la société française devient une étrange pyramide de clichés plus ou moins modernes. À la pointe, on trouve les

« people », catégorie médiatique qui réunit sous les projecteurs tout ce que la France compte de riche et de célèbre. Immédiatement au-dessous sont placés les « bobos », classe salariale moyenne très supérieure, censée incarner à la fois le confort et la culture. Un peu plus bas se trouvent les fonctionnaires, qu'on accuse avant tout d'oisiveté et de parasitisme. Puis viennent les « beurs » et les « renois », groupes célébrés en paroles comme les nouveaux damnés de la Terre mais discriminés en fait dans une France qui ne sait pas promouvoir ses minorités ethniques. Et au milieu de ce bestiaire étrange sévit une population indistincte de « beaufs », ces petits Blancs irascibles et intempestifs qu'on désigne comme les fourriers du racisme et du lepénisme. Les prolos ? Disparus. Les paysans ? Évanouis, sinon sous l'espèce militante incarnée par José Bové. Dans cette sociologie sommaire, le peuple s'est dissous. Il a quitté la scène sociale et politique pour se transformer en une masse anonyme et menaçante.

Dans les années 1930, le cinéma « populiste », celui de Renoir ou de Carné, donnait à voir une représentation sympathique, drôle, admirable parfois, de l'ouvrier et du milieu populaire. Jean Gabin, prolétaire carré d'épaules comme d'esprit, incarnait l'homme du peuple franc, intelligent, intrépide. Dans les années 1960 et 70, l'esprit révolutionnaire, qui s'empare du cinéma en écho à Mai 68, donnait encore au peuple une mission historique et exaltait, sinon sa réalité, du moins sa mythologie. Dans les années 1980, le cinéma abandonne lui aussi le peuple. De Jean Gabin dans *Quai des brumes*, on passe à *Dupont-Lajoie* dans le film d'Yves Boisset, un homme du peuple, bas et criminel, qui fait accuser de viol à sa place un immigré.

Le peuple devient dangereux, grossier et veule. Opprimé, il devient oppresseur, accusé à tout propos d'exercer son racisme sournois ou débridé envers l'immigré, nouvelle figure christique. Comme la chose n'est pas toujours fausse et que les incidents racistes sont bien réels, la nouvelle doxa n'a pas grand mal à s'imposer.

Le peuple, en second lieu, élevé qu'il fut à l'école communale, en a gardé les idées naïvement républicaines et patriotiques. Aux temps de la mondialisation triomphante, le peuple croit encore à la nation. On en conclut qu'il est dépassé par l'Histoire. Il croit à l'ordre, idée dangereuse aux yeux d'une gauche caviar qui a grandi au milieu des exaltations libertaires de mai 68. Aveuglément, refusant de voir que l'insécurité, la « petite délinquance » notamment, c'est-à-dire la plus exaspérante pour la vie quotidienne, a doublé en une génération, la gauche bourgeoise s'en tient à la défense stricte des libertés, position honorable mais qui fait bon marché des besoins réels du peuple. En parlant sans cesse d'un « sentiment d'insécurité », comme si les difficultés bien réelles rencontrées dans ce domaine par les classes modestes étaient purs fantasmes « sécuritaires », en se mobilisant beaucoup plus contre la police accusée de « bavures » que pour réduire une criminalité qui heurte le sens de la loi auquel tiennent les plus pauvres, la gauche des élites a donné le sentiment de mépriser les véritables sentiments, les véritables peurs, les véritables difficultés de la société. Non pas qu'il eût fallu adopter tout de go le diagnostic et les médications préconisées par la droite et encore moins celles de Jean-Marie Le Pen. Mais il est clair que l'indifférence à la question de la sécurité a détourné de la gauche une bonne partie de ceux qui devraient voter naturellement pour elle. Et accrédité l'idée d'une élite socialiste ignorante des réalités sociales.

Cette évolution mentale correspond à un tournant économique. Le mouvement de mondialisation, certes efficace du point de vue de la croissance et de la technologie, a touché de manière totalement inégale les différents groupes sociaux. Déjà désespérées par le chômage de masse qui sévit depuis les années 1980, les classes populaires ont vu leur revenu stagner, leurs emplois menacés par la concurrence et leur cadre de vie se dégrader rapidement sous l'effet de la crise urbaine et de la montée de la délinquance. Pendant ce temps, les dirigeants de l'économie ont bénéficié de revenus en hausse rapide, atteignant parfois des montants stupéfiants. Leur mode de vie s'est transformé : auparavant les managers vivaient sur un grand train mais n'atteignaient pas les sommets occupés par les capitalistes propriétaires, qui pouvaient justifier par le risque l'importance de leur fortune. Selon les critères nouveaux venus du monde anglo-saxon, les managers, eux aussi, participèrent à la grande distribution des richesses. Il devint normal qu'ils terminent leur parcours professionnel de salarié avec un patrimoine de gros actionnaire. En échange, selon les principes nouveaux de la « gouvernance d'entreprise », leur activité devait être exclusivement consacrée à la « création de valeur », c'est-à-dire à l'enrichissement des actionnaires. Autrefois, les grands managers décrits par Galbraith équilibraient les intérêts contradictoires des protagonistes de la grande entreprise, détenteurs d'actions, managers et salariés, dans l'intérêt bien compris de la société qu'ils dirigeaient et dont la pérennité comptait autant que l'intérêt à court terme de ses propriétaires. Aujourd'hui, les managers ne sont plus que les mercenaires des propriétaires, qui exigent d'eux, en échange d'un salaire extravagant, soumission totale et dividendes maximaux. La classe managériale a ainsi abandonné toute préoccupation sociale ou civique. Elle postule désormais, selon la règle de base du libéralisme, que ce qui est bon pour la création de valeur est bon pour la société tout entière.

Les élites de gauche ont parfois bénéficié matériellement de cette montée brutale de l'inégalité. Non pas les intellectuels ou les journalistes, dont les émoluments n'ont pas évolué très différemment des moyennes nationales. Mais les managers de gauche de la banque ou de l'industrie qui ont vu, comme les autres dirigeants d'entreprise, leurs revenus croître de manière vertigineuse.

Ce traitement privilégié rompait un équilibre. La gauche caviar n'avait pas été, sauf exception, milliardaire. En quelques années, nombre de ses représentants le devenaient. Cette fois les contrastes devenaient difficiles à justifier. Quand on gagne quatre ou cinq fois le salaire moyen, on peut invoquer les responsabilités et la compétence. Quand on perçoit vingt fois, cent fois plus que les autres salariés, l'argument disparaît. Fréquentant ces milieux soudain enrichis, la gauche caviar y fut assimilée, sans même le vouloir. La distance génère une séparation totale. Deux mondes se créent qui se croisent mais ne se comprennent plus. Et, dans cette circonstance, la grande erreur fut l'abstention. Envoûtée par les sirènes de la mondialisation, persuadée qu'il fallait avant tout adapter l'économie française au cours nouveau, la gauche de l'élite laissa ces inégalités se développer sans réagir. Jusque-là, elle vivait confortablement mais prêchait en même temps pour l'impôt progressif, pour les dépenses publiques, pour la réduction des inégalités. Elle vivait dans le confort mais acceptait – demandait, même – des mesures visant à réduire les disparités, quitte à payer sans sourciller un impôt plus élevé.

Elle a cessé de le faire. Inconsciente des conséquences de cette posture, elle réclama à son tour, à l'instar de Laurent Fabius ministre des Finances, la baisse des impôts, la diminution des prélèvements obligatoires, l'austérité des salaires, l'augmentation des profits et des dividendes. Face aux contraintes et aux injustices de la financiarisation de l'économie, elle préconisa trop souvent la simple adaptation. C'est-à-dire la résignation. Fascinée à son tour par les réussites du capitalisme anglo-saxon, elle en subit la dangereuse influence culturelle et intellectuelle. La société française, selon les justes analyses d'Éric Maurin, se fracturait en groupes sociaux dispersés par un véritable apartheid urbain, les plus pauvres étant chassés des centres-villes, les classes moyennes les suivant quelques années plus tard, laissant les quartiers les plus agréables aux mains d'une néobourgeoisie favorisée par la mondialisation. La crise scolaire fermait aux enfants des classes populaires et moyennes l'accès à la promotion sociale et le chômage de masse désespérait les familles. À l'espoir d'accéder à la classe moyenne succédait, chez les ouvriers et les employés les plus modestes, la peur de tomber au sein d'une population plus pauvre et souvent immigrée.

Pendant ce temps les élites de gauche se taisaient. Ou bien elles continuaient à déployer leur énergie à mener le débat interne à la gauche, pour lutter contre les conceptions anciennes de la « première gauche ».

Œuvre utile, nécessaire, bien sûr. La gauche française continuait à cultiver des illusions et des mythes étatiques et volontaristes qu'elle s'empressait souvent d'oublier une fois au pouvoir, poursuivant le grand écart guesdiste ou molletiste qui lui a souvent coûté si cher. Il fallait donc poursuivre la tâche d'aggiornamento idéologique contre les archaïques et les dogmatiques. Mais il fallait aussi réaliser que l'ennemi principal n'était plus là. Dans les années 1990, pendant que la deuxième gauche consacrait l'essentiel de son énergie à ferrailler contre la première, jugée ringarde, le néocapitalisme, appuyé sur un libéralisme devenu l'idéologie ultradominante, poussait ses pions à grande vitesse. Grâce au dynamisme de la technologie, à l'individualisme qui domine les sociétés démocratiques, à l'ouverture culturelle et commerciale entraînée par le libre-échange, les maîtres de la finance et de l'industrie accroissaient soudain leur emprise sur la société et la vie politique. Mises sur la défensive par l'hégémonie intellectuelle du libéralisme, affaiblies par la crise du keynésianisme et de la social-démocratie traditionnelle, les élites de gauche ne réagirent pas ou peu. Sauf pendant les deux ou trois années de l'expérience Jospin, elles furent incapables d'opposer au modèle libéral un contre-modèle à la fois moderne et égalitaire. Et, surtout, à l'offensive libérale conjuguée à la crise du socialisme démocratique, elle ne sut trouver de remède politique.

Une certaine manière de parler de l'Europe aggrava la situation. Au moment du référendum sur Maastricht, François Mitterrand expliqua que le projet européen avait pour vocation, en même temps qu'il ouvrait l'économie française sur la concurrence, de protéger en retour les classes populaires. L'Europe adaptait les sociétés du continent à ce qu'on n'appelait pas encore la mondialisation mais prévoyait aussi des mécanismes de défense et d'amortissement des chocs. C'était la bonne méthode, le bon équilibre politique. Une fois le référendum gagné (de peu) et l'euro mis en œuvre, la gauche de l'élite oublia totalement cette leçon pourtant simple. Elle se mit à parler de l'Europe à la fois comme d'un projet flou et grandiose et comme d'une nécessité inéluctable, qui échappait de ce fait à toute décision politique. Ainsi on était convié à adhérer avec enthousiasme à un projet qui, de toute manière, serait appliqué implacablement. Et ce projet, dans la plupart des discours – et souvent dans la réalité – consistait à démanteler les institutions que les classes populaires tenaient pour des remparts protecteurs : lois sociales, État providence, services publics, protections légales. Les élites de gauche plaidaient pour l'Europe mais c'était *de facto* une Europe avant tout libérale, c'est-à-dire inquiétante pour les plus pauvres. Il fallait de toute urgence rendre le marché parfaitement fluide, libéraliser les services publics, éliminer toutes les barrières, accepter sans mot dire les délocalisations et avancer toujours plus vite vers une économie sans frontières ni protections. Le vote d'une directive dite « Bolkestein », prévoyant la libéralisation des services, quelques semaines avant le référendum sur la Constitution européenne, fut le chef-d'œuvre de cette stratégie politique suicidaire. En prévoyant d'organiser en fait le dumping social dans le domaine des services, la directive achevait de démontrer que l'Europe qu'on faisait à marche forcée, sans que les peuples y aient leur mot à dire, était non pas une protection, un espoir de progrès, mais une menace. Les élites auraient voulu faire voter « non » au référendum qu'elles n'auraient pas choisi meilleur moyen. Jacques Delors, ancien syndicaliste, avait pourtant, quand il dirigeait la commission de Bruxelles, trouvé le bon langage : un équilibre entre libéralisation nécessaire et projets communs, action volontaire, qui laissait la construction européenne dans le champ de la politique au lieu d'en faire, comme ses successeurs, un processus opaque sans frein ni contrôle qui s'impose aux peuples contre leur volonté et les expose à toutes les épreuves. La « méthode Delors » a gravement manqué aux promoteurs de l'Union. Aujourd'hui l'Europe est bloquée, les peuples ayant finalement décidé qu'on ne pouvait plus laisser ainsi un blanc-seing aux élites progressistes. Bien joué...

La partie intellectuelle de la gauche caviar porte sur ce point une responsabilité particulière. Certes, dans le sillage d'Alain Touraine, une école respectable de sociologues continua à réfléchir sur les inégalités et les mouvements sociaux. François Dubet, Michel Wieworka et quelques autres étudièrent avec beaucoup d'acuité le développement des conflits de la société française. Ils se retrouvèrent isolés. Emportée par son élan des années 1970, quand il fallait combattre une orthodoxie marxiste omniprésente, la gauche intellectuelle continua à dénoncer la vieille gauche, oubliant de dénoncer le nouveau capitalisme. Constatant que les socialistes, depuis 1983, avaient accepté l'économie de marché, on s'abstint dès lors d'en analyser les défauts. Il fallait trouver avec le patronat les voies d'une politique rationnelle, qui adapterait la France à la nouvelle donne internationale. La fondation Saint-Simon, lancée par François Furet et un aréopage de patrons de gauche à la fin des années 1970, fut le cénacle de cette politique. Au début, il s'agissait de réconcilier le monde de l'entreprise et celui de l'intelligentsia : louable effort. Mais, au tournant des années 1990, le rapprochement ayant eu lieu, une idéologie centriste et technicienne prit le pas sur les considérations du départ. Il ne s'agit plus de réunir deux sensibilités mais d'aligner l'une sur l'autre. Le réalisme saint-simonien devenait une modalité de la politique libérale. Plusieurs des membres de la fondation, d'ailleurs, consacrèrent cette évolution en faisant ouvertement campagne pour Édouard Balladur, censé incarner le programme de réformes modernes (c'est-à-dire libérales) que la fondation appelait de ses vœux. L'autodissolution du groupe suivit de peu ce virage à droite.

Tout à cette entreprise de révision politique à haut risque, la gauche intellectuelle jugea comme intempestifs ceux qui mettaient en cause le cours des choses. On évita de s'inquiéter de la financiarisation de l'économie, de l'explosion des inégalités, des excès du libre-échange ou des fautes de l'OMC. Il fallait être « résolument moderne ». C'est-à-dire s'adapter sans tarder à la mondialisation dans ses modalités les plus anglo-saxonnes. Ce thème de la mondialisation acheva de paralyser la gauche réformiste. Présenté comme irrésistible, le processus d'internationalisation de la vie économique et culturelle devint, non une réalité qu'on pouvait analyser, critiquer, infléchir, mais un impératif catégorique. La pensée critique du capitalisme disparut au bénéfice de la pensée gestionnaire ; c'est-à-dire de l'absence de pensée. Ou plutôt, la pensée critique migra tout d'un coup. Mal éclairée par la gauche élitiste, la gauche de gouvernement donna le sentiment de prêcher la plate résignation à l'ordre des choses. Jospin lui-même, après trois années de réussite, parut se résigner aussi : « L'État ne peut pas tout faire... Mon programme n'est pas socialiste... » Elle laissa un boulevard idéologique à la gauche radicale. Reléguée au fond de la scène pendant les années 1980, l'extrême gauche revient brutalement au premier plan dans les années 1990. Un livre symbolisa ce retour en force, *La Misère du monde*, description cruelle de la condition salariale dans la France soumis à la mondialisation. Son auteur, Pierre Bourdieu, sociologue respecté et théoricien postmarxiste, endossa soudain le costume du maître à penser la politique. Parallèlement, en proclamant que l'on pouvait trouver un autre modèle de société que celui promis par le capitalisme international (promesse qui aurait dû être celle de la gauche), l'altermondialisme s'empara de la scène militante. Les grands rassemblements de Porto Alegre ou de Seattle devinrent le lieu de l'événement à gauche. L'idée qu'on pouvait changer le monde sans prendre le pouvoir, mortelle pour la gauche réformiste, commençait à s'installer. Arlette Laguillier puis Olivier Besancenot obtinrent des résultats électoraux dont Léon Trotski lui-même n'aurait pas osé rêver. La gauche réformiste était en déconfiture. Et, en son sein, la gauche caviar portait une responsabilité spéciale, pour n'avoir pas pensé l'évolution nouvelle et encore moins exploré les voies d'un redressement. La justice sociale restait un impératif. Il lui manquait une stratégie pour s'incarner. Comme elle l'avait souvent réussi dans l'Histoire, aux temps de la réforme républicaine, à l'époque de Jaurès, au moment du Front populaire ou à la Libération, la gauche des idées aurait dû imaginer cette stratégie ou, en tout cas, aider à son élaboration. Elle ne l'a pas fait.

Cette coupure d'avec le peuple trouve vite sur la scène publique une expression idéologique commode : la lutte contre le « populisme ». Bien sûr, il était légitime de ne pas, en toute chose, se régler sur l'opinion populaire, de se méfier des idées reçues, de refuser toute forme de démagogie. Mais cet usage du mot « populisme » ressembla vite à celui d'une amulette qu'on agite pour chasser les esprits malfaisants. Dès qu'une idée n'avait pas l'estampille de l'establishment, elle était rangée sous l'étiquette infamante de « populisme ».

La notion est ancienne et par conséquent variable selon les époques. Dans la Russie de la fin du XIXe siècle, les populistes voulaient « aller vers le peuple », principalement celui des campagnes, pour en recueillir l'esprit de justice et l'entraîner dans la révolution. Jeunes intellectuels pétris d'idéal et d'esprit de sacrifice, les populistes russes terminèrent leur aventure dans le terrorisme et la répression tsariste qui s'ensuivit. Aux États-Unis, les populistes, au début du XXe siècle, débordèrent le parti démocrate sur sa gauche pour exiger des réformes socialisantes. En Argentine dans les années 1930, le péronisme prétendit lui aussi représenter le peuple en l'entraînant dans des grandes mobilisations émotionnelles au nom de la patrie, de l'autorité du président Peron et d'un programme de réformes sociales en faveur des plus pauvres. Femme du général fascisant, Eva Peron, dite « Évita », organise des meetings de masse où son charisme et son éloquence galvanisent les « descamisados », les « sans-chemise », variante latino-américaine des « sans-culottes ». Dans les années 1950, les communistes s'emparent du mot « populisme » pour discréditer à l'avance, principalement en Amérique latine, les forces de gauche qui réussissent à s'implanter dans le peuple en dehors de l'emprise du Parti. Dans l'orthodoxie marxiste, les populistes deviennent des démagogues qui flattent les émotions du peuple pour l'entraîner dans des voies dangereuses, fascisantes ou réformistes.

C'est dans ce sens-là que les élites de gauche utilisent en premier lieu le mot. Il s'agit cette fois de désigner le parti de Jean-Marie Le Pen, qui réussit à mobiliser une partie des électeurs au nom de l'intolérance et de l'exaltation nationaliste. Le Front national n'est pas, à proprement parler, un parti fasciste. Il use de la seule voie électorale pour tenter de s'emparer du pouvoir et évite, pour l'essentiel, les méthodes violentes de ses prédécesseurs. Héritier des ligues des années 1930, remuant les mêmes thèmes et les mêmes sentiments troubles, il en récuse en revanche la rhétorique antirépublicaine, proclamant qu'il respectera en toutes circonstances les règles constitutionnelles. On le désigne alors sous l'étiquette assez juste de « national-populiste », qui qualifie un mélange de démagogie populaire et des thèmes nationalistes et xénophobes de l'extrême droite.

Mais, curieusement, le mot populiste est ensuite utilisé de manière de plus en plus fréquente – et confuse – pour désigner tout autre chose que les forces lepénistes. Ainsi la méfiance à l'égard de la mondialisation, pourtant compréhensible au sein d'une population ouvrière dont le sort se dégrade en raison de l'internationalisation de l'économie, est vite qualifiée de « populiste ». De même toute critique à l'égard du processus européen, pourtant affecté de graves défauts en raison de son opacité et de son manque d'efficacité, est également affublée du qualificatif de « populiste ».

Ou encore la demande de sécurité qui émane des quartiers populaires, ou bien les mesures de régulation de l'immigration destinées à rendre moins difficile l'intégration de ceux des étrangers qui sont en France depuis longtemps, sont classées « populistes ». Au lieu d'essayer de comprendre pourquoi ces inquiétudes et ces revendications montent des classes démunies, la gauche caviar les disqualifie d'emblée. Populisme ! Étrange réaction sémantique : le mot étant à la fois flou et très péjoratif, elle revient à dire que toute demande venant du peuple est, par définition, illégitime et dangereuse. Est populiste, en fait, une idée qui vient du peuple et qui déplaît aux élites progressistes.

C'est que les élites en question ont assigné à la France un tout autre destin. Gagnées à l'idéologie de la mondialisation libérale – même si elles en défendent une version plus sociale et humaine –, elles n'ont de cesse que de voir le pays s'adapter le plus vite possible aux défis nouveaux, préférant ignorer que ceux qu'elles ont pour charge de représenter sont plongés par ce projet dans l'angoisse et la souffrance. Non pas qu'il eût fallu refuser l'ouverture internationale et la construction de l'Europe. Mais élaborer un projet différent, plus égalitaire, plus protecteur, moins résigné aux graves injustices entraînées par la restructuration rapide de l'économie, eût permis de garder le lien avec le peuple et de le convaincre – peut-être – de la justesse du processus en cours. Au lieu de cela, les élites de gauche assistent impuissantes à leur propre déconfiture, à l'échec de Jospin au premier tour, au rejet systématique des équipes sortantes qui se manifeste à chaque élection, alimentant le rejet global de la politique et des élus, au refus brutal de la Constitution européenne et à l'interruption dangereuse de la marche vers l'union politique du continent.

Un tel fossé ne peut perdurer sans dommage. La dépolitisation, le heurt des minorités, la communautarisation de la société, la pérennité du Front national et l'impuissance des partis de gouvernement seront les inévitables résultats de la perte de légitimité des élites, de droite et de gauche. Ainsi la gauche bourgeoise porte-t-elle une responsabilité grave. De sa renaissance dépend non seulement le sort électoral de la gauche tout court, mais aussi, en grande partie, la santé future de la démocratie française. Ce rétablissement est difficile. Bientôt vingt ans d'erreurs ont laissé des traces. La coupure avec le peuple de gauche est trop profonde pour disparaître rapidement. Raison de plus pour commencer tout de suite à la refermer. C'est affaire de psychologie, bien sûr, mais aussi d'idéologie. Pour retrouver son utilité, la gauche caviar ne doit pas forcément se débarrasser du caviar. Elle doit surtout redevenir de gauche. C'est-à-dire retrouver ses valeurs...

Conclusion

La gauche caviar, depuis l'origine, subit un procès en trahison. Pendant longtemps, ce procès fut mal fondé. Les classes pauvres ont besoin de recruter des alliés qui leur apportent idées, compétences, expertise et vision. Non qu'elles soient incapables de les formuler elles-mêmes, loin de là. Mais la contribution d'hommes, au fait du monde, connaissant bien l'adversaire social et politique, est une aide précieuse dans le combat pour la réforme de la société. Pourquoi s'en priver ? Le peuple n'a jamais regretté ces ralliements bourgeois ou aristocratiques. Au contraire, il les a souvent placés, leur vie achevée, dans le Panthéon de sa mémoire. Gauche bourgeoise, gauche de l'élite, gauche caviar : nous avons décrit une composante légitime, permanente et utile de la gauche, en dépit de ses paradoxes.

On vient de le voir, la gauche caviar a fauté récemment : dans les années 1990. Elle s'est coupée d'un peuple dont elle n'a jamais partagé le sort mais dont, jusque-là, elle savait se faire le porte-parole efficace. Elle a succombé aux sirènes libérales. Elle a perdu sa colonne vertébrale idéologique, de nature sociale-démocrate, pour un verbiage moderniste et bobo qui lui a rendu le plus mauvais service.

Comment la réhabiliter, la redresser, la remettre sur le droit chemin ? Comment retrouver, non pas une gauche pure et dure, authentique, débarrassée de toute ambiguïté, vieux rêve inaccessible des Savonarole en peau de lapin qui courent les tribunes, mais une gauche simplement de gauche, qui inspire la confiance populaire tout en restant vouée à la liberté et au réalisme.

Le moment est propice. La gauche se cherche. L'engouement suscité par la précandidature de Ségolène Royal, quel que soit son devenir, en est le signe le plus tangible. Le peuple de gauche rejette son élite et plébiscite une candidate qui n'est ni bobo ni parisienne, bref qui n'est pas « gauche caviar ». Alors que faire ?

Revenir aux dogmes, aux gris-gris, à l'orthodoxie ? Céder aux injonctions de la gauche de la gauche, aux critiques communistes ou trotskistes, qui veulent les certitudes d'antan, les programmes de rupture, les rhétoriques radicales ? Reprendre les missels de la lutte des classes, saisir le goupillon de la « vraie gauche » et crier « Vade retro, réformisme ! » ? On sait que c'est une impasse. Au contraire, s'il y a une seule leçon théorique à tirer de ce petit livre, c'est bien l'inanité du marxisme orthodoxe. Non, les structures économiques n'expliquent pas le mouvement de la société et encore moins celui de la vie intellectuelle. Sinon la gauche caviar n'aurait pas existé. Sans la force des idées, sans le hasard de l'événement, point d'engagement de gauche au sommet de la société. Sans le choc indépendant des doctrines, sans l'autonomie de la morale, sans l'indépendance de la philosophie, point de Voltaire, de La Fayette, de Zola, de Blum ou de

Keynes. On a beaucoup surestimé, à gauche, le déterminisme des structures et la philosophie de l'Histoire. Or, à un état de l'économie correspondent plusieurs états possibles de la société. Marx était un grand économiste, un grand sociologue, un grand politique. Mais, dans son systématisme hégélien, il s'est abusé. L'histoire, depuis le commencement de l'humanité, n'est pas l'histoire de la lutte des classes. *Le Manifeste du parti communiste*, dont l'ombre se projette toujours sur l'extrême gauche, se trompait et trompait les ouvriers.

On peut trouver toutes sortes de capitalismes : démocratique, tempéré, sauvage, dictatorial, fasciste, nazi, libéral, shintoïste, islamiste ou scandinave. L'évolution spontanée du marché ne produit pas un certain type de régime légal mais laisse ouvert l'éventail des possibles, du plus dictatorial au plus démocratique. Les luttes culturelles, religieuses, politiques, décident bien plus de l'Histoire que le régime de la propriété et le rapport entre les classes sociales. La poussée d'intolérance islamiste s'est déjà produite dans le passé, dans des conditions socio-économiques qui n'avaient rien à voir avec celles que nous connaissons. Il y a une parenté évidente entre « le Vieux de la montagne » qui pratiquait le terrorisme islamiste au Moyen Âge et Ousama Ben Laden qui l'imite au XXIe siècle. Il y en a fort peu entre la société moyen-orientale de jadis et celle d'aujourd'hui. L'évolution interne de la religion musulmane et les soubresauts du nationalisme arabe expliquent le renouveau islamiste bien plus que le mouvement de l'économie. Sinon comment comprendre que la même idéologie règne dans les pays les plus riches du monde, les monarchies du Golfe alliées à l'Occident, aussi bien que dans les plus pauvres, le Soudan ou l'Afghanistan ?

Les socialistes ont cru avec Marx que le socialisme succéderait par un processus inévitable au capitalisme. Mais pourquoi, une fois mis en œuvre en Russie, en Chine et en d'autres lieux, s'est-il écroulé ? Parce que ce n'est pas le mouvement naturel de l'économie qui a provoqué la naissance d'États socialistes au XXe siècle. C'est la force autonome de l'Idée égalitaire traduite dans le communisme léniniste, mise en œuvre par une phalange de révolutionnaires professionnels qui méprisaient, justement, les conditions concrètes de l'économie et agissaient au nom d'une utopie imposée par la violence à des populations qui n'en voulaient pas. Parce qu'ils croyaient non à la liberté mais à la force irrésistible d'une économie collectivisée, parce qu'ils ont pensé qu'en changeant la propriété ils changeraient l'Homme, les communistes se sont persuadés qu'ils avaient maîtrisé l'Histoire. Mais la liberté s'est vengée. Ils ont disparu.

L'économie de marché, elle, existe depuis l'Antiquité, depuis que les hommes ont créé la propriété privée et l'échange commercial. Elle continuera pour d'innombrables générations. Et sur elle viendront se greffer toutes sortes de systèmes sociaux et culturels. Le socialisme démocratique, tel qu'il a commencé à se développer en Europe il y a un siècle, restera une modalité parmi des centaines d'autres de ce système économique universel. Revenant à la lutte des classes comme *ultima ratio*, les socialistes se replieraient sur un dogme épuisé qui a démontré sa nocivité dans l'Histoire. Le rapport entre les classes sociales est un élément parmi d'autres de telle ou telle situation historique. Il n'a aucune valeur prioritaire dans son explication. Il faut le prendre en compte mais pas plus que le choc des idées, la force de la religion, les évolutions de mœurs, la volonté des individus ou le surgissement de l'événement. Les classes existent. Elles ne font pas l'Histoire : tout est là.

Dès lors, la gauche ne saurait se fonder sur elles pour assurer sa doctrine. La justesse des idées socialistes ne vient pas de l'Histoire, elle n'est pas le produit automatique de l'évolution technique et commerciale de l'économie de marché minée par ses contradictions. Inutile de chercher dans la crise du capitalisme une promesse de victoire socialiste. Constatons que la crise du capitalisme ouverte dans les années 1970 a fait reculer le socialisme et progresser le libéralisme... Inutile de voir dans les classes pauvres les agents historiques d'un bouleversement inévitable qui conduira à leur émancipation. Les classes pauvres ne choisissent pas forcément le socialisme. Encore moins la révolution. Lénine le disait piteusement : « La conscience de la classe ouvrière est spontanément trade-unioniste. » C'est-à-dire réformiste et sociale-démocrate et non révolutionnaire et communiste. Conscience de classe brouillée par l'idéologie dominante ? Non : lucidité face à une révolution dont les ouvriers redoutaient à juste titre l'extrémisme et l'irréalisme.

À bien y réfléchir, on peut même soutenir que les classes pauvres n'ont jamais été une boussole fiable pour la politique de la gauche. On ne fait rien sans elles mais on ne peut se fier sans réfléchir à leurs inclinations. En 1789 puis en 1792, elles ont choisi la révolution à Paris mais la monarchie dans les campagnes. Elles ont préféré Napoléon III aux républicains en 1848. Même la Commune, expression du peuple parisien, se retrouva isolée en France, désavouée par la province. Le général Boulanger était plus populaire que le mouvement socialiste naissant. En dépit de Jaurès, la classe ouvrière a massivement rejoint l'Union sacrée en 1914. En dépit de Blum, elle a plébiscité Pétain au moment de la défaite de 1940. Elle s'est ralliée à de Gaulle à la Libération mais l'a traité avec ingratitude sous la IVe pour s'y rallier en 1958, abandonnant la gauche à son sort. Au début de l'insurrection algérienne, le peuple était colonialiste et l'on recrutait les partisans de la paix dans les élites. Mollet fonda sa politique sur les réactions des pieds-noirs pauvres. Il fourvoya la France et le socialisme alors que le bourgeois Mendès, lui, avait vu juste. Bref, les classes pauvres sont comme tout le monde : bien ou mal, elles réagissent à l'événement plus qu'à un mystérieux décret prononcé par les philosophes de l'Histoire.

Ce qui donne son socle à la gauche, c'est sa réflexion morale, non les fragiles élucubrations de la sociologie. La gauche ne doit pas induire ses principes d'une analyse économique ou sociale. Elle doit les déduire d'une réflexion morale universelle, qui vaille pour tous les hommes dans tous les pays. Elle ne doit pas attendre passivement du peuple ses idées mais le convaincre, en prenant en compte sa situation et ses aspirations, que ses idées sont justes. Quitte à les appliquer ensuite en tenant le plus grand compte des situations concrètes. La gauche doit, ainsi, procéder à l'inverse de Marx ou de Lénine. La juste conception socialiste ne dérive pas de l'état de l'économie et du rapport entre les classes sociales. Pour reprendre l'expression du philosophe barbu, « elle flotte dans l'air », au-dessus des contingences historiques. Elle vient d'une réflexion rigoureuse sur les droits de l'homme et leur traduction concrète, que la conception traditionnelle limite aux libertés alors que les impératifs de l'égalité, eux aussi, doivent présider à l'organisation de la société. Le socialisme, à cet égard, prolonge la Révolution française qui, contrairement à ce que disait François Furet, n'est pas finie (le sera-t-elle jamais?). La philosophie de la gauche doit d'abord être analytique, déductive et non matérialiste et dialectique. Elle doit emprunter à Kant plus qu'à Marx, à Rawls plus qu'à Bourdieu.

Révisionnisme? Abandon de la doctrine traditionnelle du mouvement ouvrier? Rupture de la gauche avec la pensée socialiste? Certainement pas. En revenant aux principes, en oubliant le préjugé du marxisme, les ornières de l'ancienne doctrine, la gauche redevient elle-même, c'est-à-dire ce grand mouvement d'humanisme et de justice qui fait sa force. En effet, gauche de l'élite ou gauche du peuple, nous avons toujours le même rêve[1]. Loin du marxisme et du communisme, de la « radicalité » et des doctrines de fer, nous croyons toujours à la justice comme principe moral et non comme commencement inévitable de l'Histoire. Pourquoi en serait-il autrement? La société est-elle juste? L'humain l'emporterait-il partout? La planète serait-elle apaisée? Ne pourrait-on imaginer un monde meilleur? Poser ces questions, c'est y répondre. Alors oui, nous avons gardé le même rêve.

Nous avons beaucoup appris, bien sûr. L'Histoire

---

1. Une partie de ce chapitre a été publiée en 2004 dans le numéro du quarantième anniverversaire du *Nouvel Observateur*.

nous a formés. Elle nous a souvent trahis. Elle nous oblige à rénover nos conceptions.

Nous avons appris que la décolonisation, notre ancien espoir, a porté des fruits amers, qui ont parfois le goût du sang, comme dernièrement en Côte d'Ivoire. Nous avons appris que la révolution socialiste, un temps notre mirage, est un mythe dangereux qui libère le Léviathan totalitaire quand elle réussit et le terrorisme quand elle échoue. Nous avons appris que le progrès, notre foi, était fait de méandres, que la science pouvait opprimer, que la prospérité pouvait menacer la planète. Nous avons appris que l'égalité, notre ambition, reculait en ce bas monde comme l'horizon devant le voyageur. Nous avons appris que la civilisation était un état instable, miraculeux, qu'une simple crise peut ruiner en ramenant la haine. Nous avons appris que, pour tant de multitudes, Dieu n'était pas mort, qu'il peut soulager les peines mais aussi qu'il peut tuer et que ses zélotes sont les pires ennemis des hommes. Nous avons appris que la culture, notre religion, ne garantit pas contre la barbarie.

En un mot, nous avons appris que l'Histoire se rit des lendemains qui chantent et détruit à plaisir nos illusions. Voilà qui nourrit le procès en trahison. Mais nous avons vu que ceux qui le mènent ont fait bien pis, que le bilan historique de la gauche réformiste doit susciter non pas des regrets mais de la fierté. Nous avons appris, surtout, que nos valeurs vivent toujours et éclairent la route. Nous avons appris que la lutte paie et que le bonheur est possible. Qu'il est dans un discours de Mandela ou un film de Wong Kar-Wai, dans une loi d'abolition ou une strophe de René Char, dans la chute d'un dictateur ou un couplet de Noir Désir, dans un traité de paix ou un roman de

Salman Rushdie, dans une sonate au pied d'un mur qui s'effondre et même dans une victoire électorale aux couleurs du mois de mai. Nous avons appris que la Révolution est dangereuse mais qu'elle laisse au cœur un regret toujours à vif, celui d'un temps où l'homme se sent l'auteur de son existence, d'un temps où il se hisse au-dessus de lui-même. C'est le souvenir que nous voulons garder de Mai 68 et des années qui ont suivi, quand l'aventure était dans toutes les têtes. Nous avons appris à nous méfier des vertiges de la rupture mais nous n'avons pas oublié la lumière qui tombe de la brèche et son éblouissement... Non, décidément, nous n'avons pas changé de rêve.

Nous avons vécu à l'ombre de Sartre. Il nous faut revenir à Camus. Camus moqué, réfuté, vilipendé même par tous les possédés de l'opium révolutionnaire. Camus dont la mesure et l'humanité paraissaient si pusillanimes au temps des vertiges de l'Histoire. Mais Camus qui triomphe aujourd'hui. Qu'on soit passé par Kant, par Marx ou même par Nietzsche, l'humanisme camusien, dès qu'il s'agit d'orienter les sociétés humaines, est bien la seule boussole qui n'ait pas perdu le nord. Plus que jamais en ces temps mondialisés l'homme est jeté dans un monde absurde, sans héritage ni certitudes. Il n'y a pas, décidément, de « logique de l'Histoire ». Mais toujours la lanterne de la fraternité montre le chemin. En quarante ans, la philosophie de l'homme héritée de la Révolution française – la seule révolution qui vaille –, en dépit de toutes les fureurs de l'idéologie, n'a pas trouvé de dépassement, sinon dans la violence et le malheur. Malgré la froide contrainte des structures, l'impersonnelle dictature des déterminations économiques ou mentales, la petite flamme de la liberté ne s'éteint jamais.

Parce qu'il ne voulait pas être un Maître, Camus reste aujourd'hui le grand maître à vivre.

Nous devons soutenir d'abord les hommes de la liberté : ils sont les seuls à n'avoir jamais manqué. Restons, d'abord, fidèles à la démocratie, il n'y a pas d'autre système pour le bien du peuple, quelles que soient les tentations d'une Égalité qu'on imposerait, d'une Foi qu'on décréterait. La gauche est notre patrie. Mais c'est une patrie généreuse, où l'on enrôle volontiers, dont les frontières sont floues parce qu'elles sont ouvertes. Le socialisme ne succède pas à la démocratie, il la prolonge. Point de raideur doctrinaire, de programme, d'exclusive ni de « gauche radicale ». On dira que l'on se situe, du coup, au centre. Non : à tous les sens du terme, ces idées sont au cœur de la gauche. Et le militant du cœur est notre homme. Quand il part au bout du monde soigner les blessures de guerre, les blessures de la terre ou celles de la misère, quand il reste chez lui pour y redresser l'injustice, il est notre homme. Nous sommes revenus du tiers-mondisme qui couvrait si souvent l'utopie meurtrière. Mais ceux qui luttent pour le Sud, French Doctors, écologistes ou altermondialistes, agissent juste. La gauche doit se lier aux ONG. Elles sont le sel de la planète et l'école de ceux qui refusent de tourner en rond dans la cage douillette que leur assigne la société marchande. Délestant la dictature de ses oripeaux progressistes, l'intervention humanitaire est le premier des combats. Et l'action syndicale, contestant les cruautés du marché et les inégalités abyssales du développement, le suit de très près dans l'ordre d'urgence.

Avec une nuance, toutefois : à la différence des altermondialistes, des humanitaires radicaux ou des syndicalistes de rupture, il faut croire aussi aux États, aux élections, aux institutions.

Les politiques font la loi et non les ONG : il doit en être ainsi en démocratie. Les traités de paix sont signés par des hommes en cravate pleins d'arrière-pensées et non par des militants au cœur pur. Les décisions se prennent plus souvent au sommet qu'à la base, et ces décisions, même en cette époque de mondialisation irrésistible, d'États ligotés, de multinationales triomphantes, orientent notre vie. Bref, on ne peut pas changer le monde sans prendre le pouvoir. Il faut soutenir la lutte contre les excès de l'OMC. Mais nous sommes plus rassurés quand les gouvernements progressistes sont plus nombreux *dans* l'OMC. Il faut soutenir les grèves, les manifestations, les contestations organisées par les réseaux mondiaux. Mais il vaut mieux que la gauche démocratique l'emporte sur la droite libérale. La vérité se trouve dans le gouvernement autant que sur le « terrain des luttes ». Ayons la phobie des illusions démagogiques qui égarent les pauvres après les avoir enivrés. Les slogans irréalistes sont les pires ennemis des opprimés. La gauche redevenue elle-même, en un mot, doit être essentiellement réformiste.

Ce réformisme commence par les affaires de la planète, qui dominent désormais nos préoccupations domestiques. Nous avons abandonné depuis longtemps l'anti-impérialisme de papa. À la différence du *Monde diplomatique*, nous croyons qu'une démocratie capitaliste vaut bien mieux qu'une dictature socialiste. Mais le mouvement antitotalitaire des années 1980, si juste, et si utile, doit être prolongé. Il nous reste un viatique que le XXe siècle de fer nous a légué : seul le droit pourra ramener un peu d'humain dans la jungle des nations. Les institutions internationales, au premier rang desquelles le Tribunal pénal international, portent en elles l'espoir d'un monde moins barbare. Les magistrats du TPI nous défendent parce qu'ils font planer sur les dictateurs et les massacreurs la lointaine menace d'une sanction inéluctable. Pinochet et Milosevic inaugurent la liste. Elle ne sera plus jamais close. Appuyés sur l'opinion, éclairés par le journalisme et les ONG, les juges internationaux forment un nouveau groupe de pression, celui des victimes qu'on broyait naguère dans l'indifférence.

Ce lobby du bien ne suffira pas. Le XXIe siècle a aussi besoin d'une nouvelle politique étrangère. Un État, si démocratique soit-il, ne peut négliger l'impératif catégorique de sécurité ni ignorer les intérêts de la nation qu'il représente. L'humanitaire ne saurait à lui seul faire une politique. Contre tous les Norpois du pays, contre tous les « néocons » de la terre, nous devons, en revanche, inventer une « realpolitik des droits de l'homme ». Un État comme la France, une construction politique comme l'Europe, doivent intégrer cette dimension nouvelle à leur politique internationale. Dans un monde guerrier, on ne doit pas être pacifiste. Il ne faut jamais nier les nécessités de la force ni celles de la défense légitime ou de l'ingérence démocratique. En Bosnie, au Kosovo, en Afghanistan, nous avons approuvé l'intervention armée des démocraties. Ces précédents doivent guider l'avenir : à quelles conditions l'ingérence est-elle légitime ? Quelle stratégie adopter pour promouvoir les droits de l'homme, non seulement par l'action des militants mais aussi avec les moyens de l'État ? C'est affaire de morale mais aussi d'intérêt. Contre le terrorisme, le respect des libertés publiques renforce les démocraties en leur conférant la confiance morale sans laquelle la lutte perd son sens. Aussi bien la « realpolitik des droits de l'homme » donne à l'Europe une personnalité, une ligne de conduite, un rayonnement qui servira nécessairement ses intérêts. À côté d'une Amérique agressive dans son autodéfense, elle lui fournit une posture et une influence. Elle lui donne un rôle conforme à ses valeurs et à l'aspiration des meilleurs Européens.

L'Europe... Pour être influente, il lui faut d'abord être. Sans ambages, demandons une « Europe-puissance », celle de Jean Monnet, celle de François Mitterrand, celle de Jacques Delors et de Joschka Fischer. Fédéralistes ? Pas sûr : même anciennes, les nations continuent de fournir un espace familier à la démocratie, à faire que la minorité se plie volontiers à la loi de la majorité, à justifier la solidarité. Il n'y a pas d'espace public européen : pendant longtemps encore, la vie démocratique sera d'abord nationale. En matière culturelle, pour prendre un exemple, nous ne sommes pas prêts à abandonner, sous la pression d'une majorité européenne, nos dispositifs d'aide à la création. L'avenir, en revanche, appartient à une Europe sans frontière. Par réalisme, adoptons l'idée d'une « confédération des nations ». Si nous ne voulons pas d'un monde où l'hyperpuissance occupe toute la scène dans ses démêlés avec le Sud et l'Orient, c'est la seule voie praticable.

Ces idées, on peut l'espérer, conduiront la gauche à de justes conquêtes. Mais elles ne parlent guère du peuple. La gauche de l'élite a eu raison de les promouvoir. Elle a eu tort de s'arrêter là. Pendant ce temps, la situation sociale se dégradait et le peuple vivait de plus en plus mal. Certes, il est prêt à vibrer au sort des Bosniaques opprimés, des Soudanais affamés. Mais il veut aussi, de temps en temps, qu'on se préoccupe de sa condition, qui empire et de ses revendications, qu'on ignore. La bonne conscience : avouons-le, c'est le péché cardinal. Il est bien un domaine, pourtant, où nous ne pouvons guère pavoiser : celui de la justice sociale. Héritiers du postcommunisme et de Mai 68, nous avons fait progresser la liberté de manière inédite, dans les mœurs comme dans la politique. Mais, sous notre magistère, l'exigence égalitaire a échoué. Soutiens soi-disant cultivés de la gauche, nous l'avons vue incapable de réduire le chômage, de vaincre l'exclusion, d'assurer l'égalité des chances. Toutes choses qui étaient pourtant sa raison d'être. Bobos de tous les pays, interrogez-vous ! Nous avons fustigé l'archaïsme, le racisme, le conservatisme. Nous avons versé une larme sur le beur méritant, sur l'exclu humilié, sur le sans-papiers admirable. Fort bien. Mais, en chemin, nous avons oublié le peuple. Dans le « ghetto français » décrit par Éric Maurin, des millions d'employés et d'ouvriers, qui forment toujours la majorité de la population active, ont été chassés des centres-villes comme de la scène publique. Autrefois base naturelle de la gauche, ils en sont devenus l'embarras, le regret muet, le totem oublié.

Si la gauche de l'élite veut retrouver sa légitimité historique, elle doit se lier de nouveau au peuple. Nous y venons. Il faut retrouver cette idée simple, qui a présidé à la naissance du mouvement socialiste : la liberté ne suffit pas. La philosophie des droits de l'homme est incomplète si elle oublie l'égalité réelle.

La liberté dans l'injustice sociale apparaît comme un remède limité, parfois un simple alibi. L'égalité des droits, c'est le moins qu'on puisse dire, n'est pas achevée. Dans les pays pauvres, bien sûr, mais aussi dans les nations développées où l'on réclame un égal accès à la dignité. La question sociale, renouvelée, doit revenir au centre du débat politique. Sans cet effort politique et intellectuel, la gauche réformiste restera illégitime. Elle doit en tirer les conséquences et réinventer un projet de justice sociale.

Non pas une extrême gauche qui flatte son sectarisme mais une vraie gauche porteuse d'une politique qui équilibre réalisme et imagination.

Réalisme : oui, les auteurs du rapport Camdessus ont raison de souligner le risque de « décrochage » couru par l'économie française, affligée par la croissance molle et l'exclusion du travail des plus jeunes et des plus âgés, sous l'influence de ces deux mécanismes pervers que sont les préretraites généralisées et l'interminable retard avec lequel l'économie intègre les plus jeunes. Remise en cause des 35 heures, qui ont déjà été assouplies ? Non : remise au travail de ceux qui ne demandent qu'à travailler.

Réalisme : la gauche doit comprendre qu'à prélever plus de la moitié des revenus du pays, l'État doit des comptes au citoyen. Cette énorme masse d'argent est-elle employée au mieux ? On sait bien que non et c'est pur corporatisme que d'imputer cette question aux « ultralibéraux ». Ce qui est progressiste, ce qui est égalitaire, c'est d'assurer au citoyen les meilleurs services collectifs possible. La défense du service public, c'est sa réforme. À force d'ignorer cette évidence au nom de médiocres intérêts électoraux, la gauche se prépare encore une fois à une alternance conservatrice qui mènera immanquablement à la déception.

Mais le réalisme ne suffit pas. L'éternel sermon des élites au peuple oublie soigneusement les responsabilités des puissants dans l'actuel marasme. Si la France est mal gouvernée, dit-il, c'est la faute... des gouvernés. Comme si la politique économique et monétaire anticroissance acceptée depuis des lustres par l'establishment français n'était pour rien dans la montée du chômage. Comme si l'indécente explosion des rémunérations des dirigeants n'avait pas contribué, par son cynisme étalé, à miner un peu plus l'esprit civique sans lequel il n'est pas de réforme possible. Quand on demande des sacrifices aux pauvres, il ne faut pas commencer par se servir.

Une autre politique économique est possible. Lionel Jospin et Dominique Strauss-Kahn en ont donné un exemple. En créant les emplois jeunes – ridiculisés par les importants –, en négociant habilement les contraintes européennes, en relançant le social sans handicaper l'économie, ils ont présidé à une période de création d'emplois inédite depuis plus de vingt ans. Ces leçons peuvent servir, de même que celles dispensées par Joe Stiglitz ou Jean-Paul Fitoussi. Elles tranchent avec la mélopée désespérante des orthodoxes de la finance européenne, qui parlent au nom de la Raison et ne sont que les délégués de la Banque.

Une autre politique sociale est possible, qui rompe avec l'obsession stérile de la baisse des prélèvements (d'autant qu'en France elle ne se produit jamais) mais s'occupe de réformer l'État providence dans le seul sens de la justice efficace, sans s'occuper des angoisses patronales ni des antiennes corporatistes. La gauche, il faut bien le dire, a dans ce domaine des progrès immenses à accomplir, tant elle est loin du pragmatisme admirable des pays scandinaves, qui rénovent la social-démocratie tout en assurant à ses citoyens l'une des plus belles prospérités de la planète.

Une autre politique de l'emploi est possible, qui accepte la mobilité inévitable produite par le progrès technologique et l'ouverture des frontières, mais qui l'accompagne, la planifie et la surmonte par l'instauration de mécanismes originaux qui assurent, par la formation professionnelle et la création de nouveaux droits, la transition entre deux postes, deux métiers ou deux régions. La « flex-sécurité », mot barbare qui désigne une chose très civilisée, offre la seule perspective efficace pour l'emploi et pour les travailleurs. En acceptant la mobilité, ceux-ci facilitent l'adaptation de l'économie aux mouvements de la consommation et aux défis de la concurrence. En échange, ils reçoivent une protection donnée non plus au poste de travail mais au travailleur lui-même, qui garde ses droits à l'aide, à la formation, au placement, à l'indemnité, quel que soit son devenir professionnel.

Les femmes, cette majorité traitée en minorité, doivent trouver à gauche un soutien naturel. Les « minorités visibles » ensuite. Républicains convaincus, nous nous méfions des catégories raciales. Force est de constater, pourtant, que l'égalité de principe ne suffit plus, que les mécanismes de la discrimination, subreptices et irrésistibles, sont trop forts pour que l'ancienne égalité républicaine suffise à la tâche. La « discrimination positive », qui suppose non des quotas ethniques, mais simplement une action volontaire pour rétablir l'égalité des chances à l'école, dans l'entreprise ou dans l'administration, devient l'étape indispensable, non seulement de l'intégration, mais de la simple justice. On dira que le débat est en France mené par Nicolas Sarkozy. Et alors ? Ne soyons pas sectaires. Il ne tient qu'à la gauche, dans ce domaine comme dans d'autres, de reprendre la main. Elle l'a bien fait pour les minorités sexuelles, pour lesquelles le mariage et l'adoption, droits qu'on leur refuse pour des motifs obliques, sont les dernières bastilles dont la chute marquera celle de préjugés séculaires.

La meilleure garantie de la démocratie, ce n'est pas le Moi sacralisé. C'est la Loi consacrée. La gauche des élites ne doit plus être libertaire. C'est une inconséquence de bourgeois protégé. Comme l'économie, la culture changée en marchandise doit être régulée. On a raison de défendre le cinéma français par des mesures de protection ; dans ce domaine les libéraux libertaires ne sont que les fourriers de l'uniformisation culturelle. Ils doivent se demander à quoi sert, politiquement, le déferlement de la violence audiovisuelle venue d'outre-Atlantique, sinon à préparer les esprits d'Amérique et d'ailleurs à la guerre préventive ? Non, il n'est pas interdit d'interdire. De même qu'il n'est pas interdit de sanctionner la délinquance. Là aussi la posture libertaire tourne court. Elle contente les bobos mais détourne le peuple de la gauche. Les militants ont raison de défendre bec et ongles les libertés publiques. À condition d'indiquer aussi les voies d'une politique de sécurité efficace. À moins de vouloir se couper définitivement des couches populaires en leur réservant les effets indésirables d'une ineffable bonne conscience.

Si, comme on l'a vu, le socialisme est une morale et non une philosophie de l'Histoire, le futur projet de la gauche doit s'appuyer sur des valeurs. Autrement dit, il ne saurait ni revenir au bon vieux temps du marxisme, ni s'affadir dans une adaptation négligente à l'air du temps. La gauche est dans l'économie de marché, c'est entendu. Mais elle doit, à l'inverse de ce que la gauche caviar fait depuis des lustres, se fonder sur une critique du monde comme il va. Il y a une autre conception de la société possible, plus juste, plus égalitaire. Il y a donc une autre conception de la mondialisation, qui ne rende pas les armes au libéralisme. L'idéologie libérale-libertaire vaut pour les vieux bobos prospères. Elle est le péché de la gauche caviar et le faux nez de la société de marché. Décalée, subversive, positive il y a vingt ans, elle est dépassée. La démocratie a besoin de principes, de références, de valeurs et d'une volonté pour les faire respecter. Celui – ou celle – qui saura incarner cette volonté-là aura une bonne chance de se concilier le peuple et de s'imposer. Alors la gauche caviar retrouvera son rôle historique...

DU MÊME AUTEUR

La Gauche en voie de disparition.
Comment changer sans trahir ?
Seuil, coll. « L'Histoire immédiate », 1984

Coluche, c'est l'histoire d'un mec
en collaboration avec Serge July et Jacques Lanzmann
Solar, 1986

Un coup de jeune. Portrait d'une génération morale
Arléa, 1987

Mai 68. Histoire des Événements
Seuil, coll. « L'Histoire immédiate », 1988
et « Points » n° P 495

Cabu en Amérique
en coll. avec Jean-Claude Guillebaud
Seuil, coll. « L'Histoire immédiate », 1990

La Régression française
Seuil, coll. « L'Histoire immédiate », 1992
et « Points Actuels », n° A 154

La Gauche retrouvée
Seuil, coll. « L'Histoire immédiate », 1994

Kosovo, la guerre du droit
suivi de Yougoslavie, suicide d'une nation
Mille et Une Nuits, 1999

Où est passée l'autorité?
en coll. avec Philippe Tesson
NiL Éditions, 2000

Toute vérité est bonne à dire : entretiens avec Claude Allègre
Robert Laffont/Fayard, 2000
et Pocket n° 11285

Les Batailles de Napoléon
Livre illustré, préface de Jean Tulard
Seuil, 2000

Les Audaces de la vérité : entretiens avec Claude Allègre
Robert Laffont, 2001
et Pocket n° 11634

Le Gouvernement invisible
Arléa, 2001

La Princesse oubliée
Robert Laffont, 2002
et Pocket n° 11918

C'était nous
Robert Laffont, 2004

Les Grandes Batailles navales : de Salamine à Midway
Livre illustré, cartographie de Jean-Marc Leprêtre
Seuil, 2005

RÉALISATION : GRAPHIC HAINAUT À CONDÉ-SUR-L'ESCAUT

GROUPE CPI

Achevé d'imprimer en décembre 2006
par **BUSSIÈRE**
à Saint-Amand-Montrond (Cher)
N° d'édition : 91307. - N° d'impression : 62311.
Dépôt légal : janvier 2007.
Imprimé en France

Collection Points

DERNIERS TITRES PARUS

P1274. Les réquisitoires du Tribunal des Flagrants Délires 1
Pierre Desproges
P1275. Les réquisitoires du Le Tribunal des Flagrants Délires 2
Pierre Desproges
P1276. Un amant naïf et sentimental, *John le Carré*
P1277. Fragiles, *Philippe Delerm et Martine Delerm*
P1278. La Chambre blanche, *Christine Jordis*
P1279. Adieu la vie, adieu l'amour, *Juan Marsé*
P1280. N'entre pas si vite dans cette nuit noire
António Lobo Antunes
P1281. L'Évangile selon saint Loubard, *Guy Gilbert*
P1282. La femme qui attendait, *Andreï Makine*
P1283. Les Candidats, *Yun Sun Limet*
P1284. Petit Traité de désinvolture, *Denis Grozdanovitch*
P1285. Personne, *Linda Lê*
P1286. Sur la photo, *Marie-Hélène Lafon*
P1287. Le Mal du pays, *Patrick Roegiers*
P1288. Politique, *Adam Thirlwell*
P1289. Érec et Énide, *Manuel Vázquez Montalbán*
P1290. La Dormeuse de Naples, *Adrien Goetz*
P1291. Le croque-mort a la vie dure, *Tim Cockey*
P1292. Pretty Boy, *Lauren Henderson*
P1293. La Vie sexuelle en France, *Janine Mossuz-Lavau*
P1294. Souvenirs obscurs d'un Juif polonais né en France
Pierre Goldman
P1295. Dans l'alcool, *Thierry Vimal*
P1296. Le Monument, *Claude Duneton*
P1297. Mon nerf, *Rachid Djaïdani*
P1298. Plutôt mourir, *Marcello Fois*
P1299. Les pingouins n'ont jamais froid, *Andreï Kourkov*
P1300. La Mitrailleuse d'argile, *Viktor Pelevine*
P1301. Un été à Baden-Baden, *Leonid Tsypkin*
P1302. Hasard des maux, *Kate Jennings*
P1303. Le Temps des erreurs, *Mohammed Choukri*
P1304. Boumkœur, *Rachid Djaïdani*
P1305. Vodka-Cola, *Irina Denejkina*
P1306. La Lionne blanche, *Henning Mankell*
P1307. Le Styliste, *Alexandra Marinina*
P1308. Pas d'erreur sur la personne, *Ed Dee*
P1309. Le Casseur, *Walter Mosley*
P1310. Le Dernier Ami, *Tahar Ben Jelloun*

P1311. La Joie d'Aurélie, *Patrick Grainville*
P1312. L'Aîné des orphelins, *Tierno Monénembo*
P1313. Le Marteau pique-cœur, *Azouz Begag*
P1314. Les Âmes perdues, *Michael Collins*
P1315. Écrits fantômes, *David Mitchell*
P1316. Le Nageur, *Zsuzsa Bánk*
P1317. Quelqu'un avec qui courir, *David Grossman*
P1318. L'Attrapeur d'ombres, *Patrick Bard*
P1319. Venin, *Saneh Sangsuk*
P1320. Le Gone du Chaâba, *Azouz Begag*
P1321. Béni ou le paradis privé, *Azouz Begag*
P1322. Mésaventures du Paradis
       Erik Orsenna et Bernard Matussière
P1323. L'Âme au poing, *Patrick Rotman*
P1324. Comedia Infantil, *Henning Mankell*
P1325. Niagara, *Jane Urquhart*
P1326. Une amitié absolue, *John le Carré*
P1327. Le Fils du vent, *Henning Mankell*
P1328. Le Témoin du mensonge, *Mylène Dressler*
P1329. Pelle le Conquérant 1, *Martin Andersen Nexø*
P1330. Pelle le Conquérant 2, *Martin Andersen Nexø*
P1331. Mortes-Eaux, *Donna Leon*
P1332. Déviances mortelles, *Chris Mooney*
P1333. Les Naufragés du Batavia, *Simon Leys*
P1334. L'Amandière, *Simonetta Agnello Hornby*
P1335. C'est en hiver que les jours rallongent, *Joseph Bialot*
P1336. Cours sur la rive sauvage, *Mohammed Dib*
P1337. Hommes sans mère, *Hubert Mingarelli*
P1338. Reproduction non autorisée, *Marc Vilrouge*
P1339. S.O.S., *Joseph Connolly*
P1340. Sous la peau, *Michel Faber*
P1341. Dorian, *Will Self*
P1342. Le Cadeau, *David Flusfeder*
P1343. Le Dernier Voyage d'Horatio II, *Eduardo Mendoza*
P1344. Mon vieux, *Thierry Jonquet*
P1345. Lendemains de terreur, *Lawrence Block*
P1346. Déni de justice, *Andrew Klavan*
P1347. Brûlé, *Leonard Chang*
P1348. Montesquieu, *Jean Lacouture*
P1349. Stendhal, *Jean Lacouture*
P1350. Le Collectionneur de collections, *Henri Cueco*
P1351. Camping, *Abdelkader Djemaï*
P1352. Janice Winter, *Rose-Marie Pagnard*
P1353. La Jalousie des fleurs, *Ysabelle Lacamp*
P1354. Ma vie, son œuvre, *Jacques-Pierre Amette*
P1355. Lila, Lila, *Martin Suter*

P1356. Un amour de jeunesse, *Ann Packer*
P1357. Mirages du Sud, *Nedim Gürsel*
P1358. Marguerite et les Enragés
Jean-Claude Lattès et Éric Deschodt
P1359. Los Angeles River, *Michael Connelly*
P1360. Refus de mémoire, *Sarah Paretsky*
P1361. Petite Musique de meurtre, *Laura Lippman*
P1362. Le Cœur sous le rouleau compresseur, *Howard Buten*
P1363. L'Anniversaire, *Mouloud Feraoun*
P1364. Passer l'hiver, *Olivier Adam*
P1365. L'Infamille, *Christophe Honoré*
P1366. La Douceur, *Christophe Honoré*
P1367. Des gens du monde, *Catherine Lépront*
P1368. Vent en rafales, *Taslima Nasreen*
P1369. Terres de crépuscule, *J.M. Coetzee*
P1370. Lizka et ses hommes, *Alexandre Ikonnikov*
P1371. Le Châle, *Cynthia Ozick*
P1372. L'Affaire du Dahlia noir, *Steve Hodel*
P1373. Premières Armes, *Faye Kellerman*
P1374. Onze Jours, *Donald Harstad*
P1375. Le croque-mort préfère la bière, *Tim Cockey*
P1376. Le Messie de Stockholm, *Cynthia Ozick*
P1377. Quand on refuse on dit non, *Ahmadou Kourouma*
P1378. Une vie française, *Jean-Paul Dubois*
P1379. Une année sous silence, *Jean-Paul Dubois*
P1380. La Dernière Leçon, *Noëlle Châtelet*
P1381. Folle, *Nelly Arcan*
P1382. La Hache et le Violon, *Alain Fleischer*
P1383. Vive la sociale !, *Gérard Mordillat*
P1384. Histoire d'une vie, *Aharon Appelfeld*
P1385. L'Immortel Bartfuss, *Aharon Appelfeld*
P1386. Beaux seins, belles fesses, *Mo Yan*
P1387. Séfarade, *Antonio Muñoz Molina*
P1388. Le Gentilhomme au pourpoint jaune
Arturo Pérez Reverte
P1389. Ponton à la dérive, *Daniel Katz*
P1390. La Fille du directeur de cirque, *Jostein Gaarder*
P1391. Pelle le Conquérant 3, *Martin Andersen Nexø*
P1392. Pelle le Conquérant 4, *Martin Andersen Nexø*
P1393. Soul Circus, *George P. Pelecanos*
P1394. La Mort au fond du canyon, *C.J. Box*
P1395. Recherchée, *Karin Alvtegen*
P1396. Disparitions à la chaîne, *Åke Smedberg*
P1397. Bardo or not bardo, *Antoine Volodine*
P1398. La Vingt-Septième Ville, *Jonathan Franzen*
P1399. Pluie, *Kirsty Gunn*

- P1400. La Mort de Carlos Gardel, *António Lobo Antunes*
- P1401. La Meilleure Façon de grandir, *Meir Shalev*
- P1402. Les Plus Beaux Contes zen, *Henri Brunel*
- P1403. Le Sang du monde, *Catherine Clément*
- P1404. Poétique de l'égorgeur, *Philippe Ségur*
- P1405. La Proie des âmes, *Matt Ruff*
- P1406. La Vie invisible, *Juan Manuel de Prada*
- P1407. Qu'elle repose en paix, *Jonathan Kellerman*
- P1408. Le Croque-mort à tombeau ouvert, *Tim Cockey*
- P1409. La Ferme des corps, *Bill Bass*
- P1410. Le Passeport, *Azouz Begag*
- P1411. La station Saint-Martin est fermée au public
  Joseph Bialot
- P1412. L'Intégration, *Azouz Begag*
- P1413. La Géométrie des sentiments, *Patrick Roegiers*
- P1414. L'Âme du chasseur, *Deon Meyer*
- P1415. La Promenade des délices, *Mercedes Deambrosis*
- P1416. Un après-midi avec Rock Hudson
  Mercedes Deambrosis
- P1417. Ne gênez pas le bourreau, *Alexandra Marinina*
- P1418. Verre cassé, *Alain Mabanckou*
- P1419. African Psycho, *Alain Mabanckou*
- P1420. Le Nez sur la vitre, *Abdelkader Djemaï*
- P1421. Gare du Nord, *Abdelkader Djemaï*
- P1422. Le Chercheur d'Afriques, *Henri Lopes*
- P1423. La Rumeur d'Aquitaine, *Jean Lacouture*
- P1424. Une soirée, *Anny Duperey*
- P1425. Un saut dans le vide, *Ed Dee*
- P1426. En l'absence de Blanca, *Antonio Muñoz Molina*
- P1427. La Plus Belle Histoire du bonheur, *collectif*
- P1429. Comment c'était. Souvenirs sur Samuel Beckett
  Anne Atik
- P1430. Suite à l'hôtel Crystal, *Olivier Rolin*
- P1431. Le Bon Serviteur, *Carmen Posadas*
- P1432. Traité de savoir-vivre à l'usage des jeunes Russes
  Gary Shteyngart
- P1433. C'est égal, *Agota Kristof*
- P1434. Le Nombril des femmes, *Dominique Quessada*
- P1435. L'Enfant à la luge, *Chris Mooney*
- P1436. Encres de Chine, *Qiu Xiaolong*
- P1437. Enquête de mor(t)alité, *Gene Riehl*
- P1438. Le Château du roi dragon. La Saga du roi dragon I
  Stephen Lawhead
- P1439. Les Armes des Garamont. La Malerune I
  Pierre Grimbert

P1440. Le Prince déchu. Les Enfants de l'Atlantide I
Bernard Simonay
P1441. Le Voyage d'Hawkwood. Les Monarchies divines I
Paul Kearney
P1442. Un trône pour Hadon. Le Cycle d'Opar I
Philip-José Farmer
P1443. Fendragon, *Barbara Hambly*
P1444. Les Brigands de la forêt de Skule, *Kerstin Ekman*
P1445. L'Abîme, *John Crowley*
P1446. Œuvre poétique, *Léopold Sédar Senghor*
P1447. Cadastre, *suivi de* Moi, Laminaire…, *Aimé Césaire*
P1448. La Terre vaine et autres poèmes, *Thomas Stearns Eliot*
P1449. Le Reste du voyage et autres poèmes, *Bernard Noël*
P1450. Haïkus, *anthologie*
P1451. L'homme qui souriait, *Henning Mankell*
P1452. Une question d'honneur, *Donna Leon*
P1453. Little Scarlet, *Walter Mosley*
P1454. Elizabeth Costello, *J.M. Coetzee*
P1455. Le maître a de plus en plus d'humour, *Mo Yan*
P1456. La Femme sur la plage avec un chien, *William Boyd*
P1457. Accusé Chirac, levez-vous!, *Denis Jeambar*
P1458. Sisyphe, roi de Corinthe, Le Châtiment des Dieux I
François Rachline
P1459. Le Voyage d'Anna, *Henri Gougaud*
P1460. Le Hussard, *Arturo Pérez-Reverte*
P1461. Les Amants de pierre, *Jane Urquhart*
P1462. Corcovado, *Jean-Paul Delfino*
P1463. Hadon, le guerrier. Le Cycle d'Opar II
Philip José Farmer
P1464. Maîtresse du Chaos. La Saga de Raven I
Robert Holdstock et Angus Wells
P1465. La Sève et le Givre, *Léa Silhol*
P1466. Élégies de Duino *suivi de* Sonnets à Orphée
Rainer Maria Rilke
P1467. Rilke, *Philippe Jaccottet*
P1468. C'était mieux avant, *Howard Buten*
P1469. Portrait du Gulf Stream, *Érik Orsenna*
P1470. La Vie sauve, *Lydie Violet et Marie Desplechin*
P1471. Chicken Street, *Amanda Sthers*
P1472. Polococktail Party, *Dorota Maslowska*
P1473. Football factory, *John King*
P1474. Une petite ville en Allemagne, *John le Carré*
P1475. Le Miroir aux espions, *John le Carré*
P1476. Deuil interdit, *Michael Connelly*
P1477. Le Dernier Testament, *Philip Le Roy*
P1478. Justice imminente, *Jilliane Hoffman*

P1479. Ce cher Dexter, *Jeff Lindsay*
P1480. Le Corps noir, *Dominique Manotti*
P1481. Improbable, *Adam Fawer*
P1482. Les Rois hérétiques, Les Monarchies divines II
       Paul Kearney
P1483. L'Archipel du soleil, Les Enfants de l'Atlantide II
       Bernard Simonay
P1484. Code Da Vinci : l'enquête
       Marie-France Etchegoin et Frédéric Lenoir
P1485. L.A. Confidentiel : les secrets de Lance Armstrong
       Pierre Ballester et David Walsh
P1486. Maria est morte, *Jean-Paul Dubois*
P1487. Vous aurez de mes nouvelles, *Jean-Paul Dubois*
P1488. Un pas de plus, *Marie Desplechin*
P1489. D'excellente famille, *Laurence Deflassieux*
P1490. Une femme normale, *Émilie Frèche*
P1491. La Dernière Nuit, *Marie-Ange Guillaume*
P1492. Le Sommeil des poissons, *Véronique Ovaldé*
P1493. La Dernière Note, *Jonathan Kellerman*
P1494. La Cité des jarres, *Arnaldur Indridason*
P1495. Électre à La Havane, *Leonardo Padura*
P1496. Le croque-mort est bon vivant, *Tim Cockey*
P1497. Le Cambrioleur en maraude, *Lawrence Block*
P1498. L'Araignée d'émeraude, La Saga de Raven II
       Robert Holdstock et Angus Wells
P1499. Faucon de mai, *Gillian Bradshaw*
P1500. La Tante marquise, *Simonetta Agnello Hornby*
P1501. Anita, *Alicia Dujovne Ortiz*
P1502. Mexico City Blues, *Jack Kerouac*
P1503. Poésie verticale, *Roberto Juarroz*
P1506. Histoire de Rofo, Clown, *Howard Buten*
P1507. Manuel à l'usage des enfants qui ont des parents difficiles
       Jeanne Van den Brouk
P1508. La Jeune Fille au balcon, *Leïla Sebbar*
P1509. Zenzela, *Azouz Begag*
P1510. La Rébellion, *Joseph Roth*
P1511. Falaises, *Olivier Adam*
P1512. Webcam, *Adrien Goetz*
P1513. La Méthode Mila, *Lydie Salvayre*
P1514. Blonde abrasive, *Christophe Paviot*
P1515. Les Petits-Fils nègres de Vercingétorix, *Alain Mabanckou*
P1516. 107 ans, *Diastème*
P1517. La Vie magnétique, *Jean-Hubert Gailliot*
P1518. Solos d'amour, *John Updike*
P1519. Les Chutes, *Joyce Carol Oates*
P1520. Well, *Matthieu McIntosh*

P1521. À la recherche du voile noir, *Rick Moody*
P1522. Train, *Pete Dexter*
P1523. Avidité, *Elfriede Jelinek*
P1524. Retour dans la neige, *Robert Walser*
P1525. La Faim de Hoffman, *Leon de Winter*
P1526. Marie-Antoinette, La Naissance d'une reine.
Lettres choisies, *Évelyne Lever*
P1527. Les Petits Verlaine *suivi de* Samedi, dimanche et fêtes
Jean-Marc Roberts
P1528. Les Seigneurs de guerre de Nin. La Saga du roi dragon II
Stephen Lawhead
P1529. Le Dire des Sylfes. La Malerune II
Michel Robert et Pierre Grimbert
P1530. Le Dieu de glace. La Saga de Raven III
Robert Holdstock et Angus Wells
P1531. Un bon cru, *Peter Mayle*
P1532. Confessions d'un boulanger, *Peter Mayle et Gérard Auzet*
P1533. Un poisson hors de l'eau, *Bernard Comment*
P1534. Histoire de la Grande Maison, *Charif Majdalani*
P1535. La Partie belle *suivi de* La Comédie légère
Jean-Marc Roberts
P1536. Le Bonheur obligatoire, *Norman Manea*
P1537. Les Larmes de ma mère, *Michel Layaz*
P1538. Tant qu'il y aura des élèves, *Hervé Hamon*
P1539. Avant le gel, *Henning Mankell*
P1540. Code 10, *Donald Harstad*
P1541. Les Nouvelles Enquêtes du Juge Ti, vol. 1
Le Château du lac Tchou-An, *Frédéric Lenormand*
P1542. Les Nouvelles Enquêtes du Juge Ti, vol. 2
La Nuit des juges, *Frédéric Lenormand*
P1543. Que faire des crétins ? Les perles du Grand Larousse
Pierre Enckell et Pierre Larousse
P1544. Motamorphoses. À chaque mot son histoire
Daniel Brandy
P1545. L'habit ne fait pas le moine. Petite histoire des expressions
Gilles Henry
P1546. Petit Fictionnaire illustré. Les mots qui manquent au dico
Alain Finkielkraut
P1547. Le Pluriel de bric-à-brac et autres difficultés
de la langue française, *Irène Nouailhac*
P1548. Un bouquin n'est pas un livre. Les nuances des synonymes
Rémi Bertrand
P1549. Sans nouvelles de Gurb, *Eduardo Mendoza*
P1550. Le Dernier Amour du président, *Andreï Kourkov*
P1551. L'Amour soudain, *Aharon Appelfeld*
P1552. Nos plus beaux souvenirs, *Stewart O'Nan*

- P1553. Saint-Sépulcre !, *Patrick Besson*
- P1554. L'Autre comme moi, *José Saramago*
- P1555. Pourquoi Mitterrand ?, *Pierre Joxe*
- P1556. Pas si fous ces Français !
  Jean-Benoît Nadeau et Julie Barlow
- P1557. La Colline des Anges
  Jean-Claude Guillebaud et Raymond Depardon
- P1558. La Solitude heureuse du voyageur
  précédé de Notes, *Raymond Depardon*
- P1559. Hard Revolution, *George P. Pelecanos*
- P1560. La Morsure du lézard, *Kirk Mitchell*
- P1561. Winterkill, *C.J. Box*
- P1562. La Morsure du dragon, *Jean-François Susbielle*
- P1563. Rituels sanglants, *Craig Russell*
- P1564. Les Écorchés, *Peter Moore Smith*
- P1565. Le Crépuscule des géants. Les Enfants de l'Atlantide III
  Bernard Simonay
- P1566. Aara. Aradia I, *Tanith Lee*
- P1567. Les Guerres de fer. Les Monarchies divines III
  Paul Kearney
- P1568. La Rose pourpre et le Lys, tome 1, *Michel Faber*
- P1569. La Rose pourpre et le Lys, tome 2, *Michel Faber*
- P1570. Sarnia, *G.B. Edwards*
- P1571. Saint-Cyr/La Maison d'Esther, *Yves Dangerfield*
- P1572. Renverse du souffle, *Paul Celan*
- P1573. Pour un tombeau d'Anatole, *Stéphane Mallarmé*
- P1574. 95 Poèmes, *E.E. Cummings*
- P1575. Le Dico des mots croisés, *Michel Laclos*
- P1576. Les deux font la paire, *Patrice Louis*
- P1577. Le Petit Manuel du français maltraité, *Pierre Bénard*
- P1578. L'Avortement, *Richard Brautigan*
- P1579. Les Braban, *Patrick Besson*
- P1580. Le Sac à main, *Marie Desplechin*
- P1581. Nouvelles du monde entier, *Vincent Ravalec*
- P1582. Le Sens de l'arnaque, *James Swain*
- P1583. L'Automne à Cuba, *Leonardo Padura*
- P1584. Le Glaive et la flamme. La Saga du roi dragon III
  Stephen Lawhead
- P1585. La Belle Arcane. La Malerune III
  Michel Robert et Pierre Grimbert
- P1586. Femme en costume de bataille, *Antonio Benitez-Rojo*
- P1587. Le Cavalier de l'Olympe. Le Châtiment des Dieux II
  François Rachline
- P1588. Le Pas de l'ourse, *Douglas Glover*
- P1589. Lignes de fond, *Neil Jordan*
- P1590. Monsieur Butterfly, *Howard Buten*